ねずさんの奇跡の国日本がわかる万葉集

小名木善行

徳間書店

はじめに

　万葉集《まんようしゅう》の成立は奈良時代、七五九年から七八〇年頃といわれています。収録された歌は長歌、短歌など様々《さまざま》で、皇族や貴族たちだけでなく、一般の庶民の歌までが実に四千五百首以上収蔵《しゅうぞう》された現存するわが国最古の和歌集です。

　歌は全部漢字で書かれています。「世の中は」を「余能奈可波《よのなかは》」と書くように、漢字をいわゆる万葉仮名《まんようかな》として記述した歌もあれば、「神代《かみよ》より」を「神代従《かみよより》」とするように、漢字の持つ意味を大切にしながら記述された歌もあります。

「美味《うま》し国ぞ、大和の国は」と詠んだ舒明天皇《じょめいてんのう》や、「熟田津《にぎたつ》に船乗《ふなの》りせむと月待《つきま》てば」と詠んだ額田王《ぬかたのおほきみ》など、なんとなく歌を聞いたことがあるという方は多いことでしょう。

「令和《れいわ》」の元号も万葉集から採《と》られました。

　ところが歌の解釈となると、なんだかよくわからない。

たとえば持統《じとう》天皇の「燃《も》ゆる火も取りて包《つつ》みて袋《ふくろ》には、入《い》ると言はずや面智男雲」という歌があります。この歌は、夫の天武《てんむ》天皇が崩御《ほうぎょ》されたときの弔《とむら》いの歌なのですが、一般的な歌の意味は「燃えている炎であっても袋に包み入れることができるというではないか。それなら人の魂だって取り返すことができるはずだ」というものです。この時代、袋といえば布か紙です。燃《も》え盛《さか》る炎を紙や布の袋に入れたら袋が燃えてしまいます。つまりこれは無理な要求です。そんな無理な要求を持統天皇は「できる」と決めつけ、さらに夫の魂を呼び戻して来い！というわけですから、これでは聞いた人は「持統天皇って恐ろしい女帝《じょてい》だなあ」と思うに違いありません。それにこの歌は短歌ですから、五七五七七で読まなければならないはずなのに、末尾の「面智男雲」が意味不明で読めないから、この歌を「五七五七」で読め、というのです。これでは短歌にさえなりません。

では本当のところはどのような歌なのでしょうか。

歌の原文は「燃火物取而裹而福路庭入澄不言八面智男雲」です。そこで使われている漢字を一字ごとにちゃんと読み解いていくと、巷間《こうかん》いわれてきたこととまったく別な読みと意味が浮かび上がってきます。読み解きの詳細《しょうさい》は本文でご覧《らん》いただければいいのですが、結論だけ簡単に申し上げますと次のようになります。

(原文)

燃火物
取而裹而
福路庭
入澄
不言
八面智
男雲

(読み)

もゆるひも
とりてつつみて
ふくろには
いれると
いはぬ
やもちの
をくも

(読み解き)

神々に捧《ささ》げるための炎を
宝物をつつむように大切に祭壇《さいだん》に置きました
貴方《あなた》の御魂《みたま》が通《とお》るであろう庭先の路《みち》にも
清らかな水を捧《ささ》げましょう
いまはもう何も申し上げることはありません
貴方はどの方向から見ても智者《ちしゃ》であられた
まるで空に浮かんで地上のすべてを見下ろす
男雲《をぐも》のような素晴《すば》らしい天皇でした……。

夫の天武天皇を心から尊敬していた持統天皇の哀《かな》しみだけでなく、夫の理想を引《ひ》き継《つ》いで実現していこうとする持統天皇の決意までが読み込まれた素晴らしい歌であることがわかります。

また著名な歌で「うまし国ぞ、大和の国は」という有名なフレーズを持った第三十四代舒明《じょめい》天皇の御製《おほみうた》があります。

原文を見ると「怜𪫧国曽　蜻嶋　八間跡能国者」と書いてあります。これで「美《うま》し国ぞ。蜻蛉島大和《あきつしまやまと》の国は」と読むとされて、意味は「日本は風光明媚《ふうこうめいび》な美しい国だ」ということにされています。

しかし原文をよく見ると「美《うま》し」のところが、「怜𪫧《うまし》」と書いてあります「怜」は心が澄《す》んで賢《かしこ》いことを意味する漢字、「𪫧」は心根が良いことを示す漢字です。つまり「心が澄んで賢《かしこ》くて心根が良い国だ」と言っているわけです。ただ景色が美しいと述べているだけではないのです。

おかしなこともあります。額田王《ぬかたのおほきみ》です。

額田王といえば天武《てんむ》天皇との間に子供まで産《う》みながら、夫の実兄である天智《てんち》天皇の妃《きさき》となり、天皇の妃でありながら、前の夫の天武天皇によろめくという、三角関係の当事者の女性といわれてきました。まるで週刊誌のゴシップみたいですが、実は額田王が天智天皇の妃になったという公式な記録はどこにもありません。つまり「三角関係だ」というのは万葉集の歌からの憶測《おくそく》にすぎないのです。しかもなんと罪なことに、この妄想《もうそう》がきっかけとなって、天智天皇と天武天皇は兄弟でありながら三角関係が原因でドロドロの憎《にく》しみに埋《う》もれていたとか、もっとすごいものになりますと、そもそも天智天皇か天武天皇のどちらかは渡来人《とらいじん》だったのではないかなど、妄想の上に妄想を重《かさ》ねて、そこからさらに推測《すいそく》を飛躍《ひやく》させ、その飛躍した妄想がまことしやかな歴史であるかのように語られるというややこしいことになっています。

ところが歌を原文から忠実に読み取ると、天武天皇が袖《そで》を振《ふ》ったという額田王の歌は、実は天智天皇の治世《ちせい》を讃《たた》えた歌であり、また天武天皇を恋い焦《こ》がれて詠《よ》んだという歌は、実は天皇からの呼び出しに、額田王が「吉兆《きっちょう》がありましたよ」と笑顔で答えた実に健康的で明るい歌であることがわかるのです。

なぜこのような本当の意味と昨今の一般の意味とされるものとの間《あいだ》にに乖離《かいり》が生まれたのかというと、実は江戸時代までの和歌の世界は、万葉集や古今集などの古典和歌を学び、そこにある歌をモチーフにして《これを「本歌《ほんか》取り」といいます》自分の歌を詠むということがならわしでした。ですから古典和歌を様々《さまざま》に自己流に解釈《かいしゃく》して自分の歌を詠むということも多々行われていたわけで、その過程《かてい》で長い歳月の間に、ひとつの歌に様々な解釈が生まれ、その中には客観的に見て、やや「けしからん」解釈のものまで数多く生まれたのです。しかも明治に入ると古典和歌に縛《しば》られないで、もっと自由に和歌を楽しもうという運動が起こり、その過程で古典和歌について、古い時代のややつまらない解釈を持ち出しては「この歌はこんなくだらない歌でしかなかったのだ」という意見が大勢《たいせい》を占《し》めるようになり、気がつけば万葉集も「よくわからない歌集」にされてしまったというわけです。

本書は、あらためて万葉集を原文に立ち返って読み直すことで、歌が詠まれた当時の真意《しんい》を取《と》り戻《もど》そうとして書いた本です。ご紹介する歌の数々も、右の過程で誤解されてきた歌や、万葉《まんよう》の時代のおおらかな気分や時代を象徴《しょうちょう》するような歌です。

これらの歌は、本当の意味がわかると、私たちの祖先がどのような国を目指《めざ》したのか、そして日本という国、あるいは日本人の心とはどのようなものなのかを学ぶ、大きなきっかけとなり、また私たちがあらためて日本を知る機会になる歌だと思います。

どの歌も、とても素敵《すてき》で感動的《かんどうてき》な歌ばかりです。ぜひ、お楽しみいただけたらと思います。

令和元年　天高く空に羊雲《ひつじぐも》が浮かぶ佳《よ》き日

小名木善行

【凡例】

(1) 大見出しに入れている歌はこれまでの一般的によく知られた歌の読み方で記《しる》しています。実際には、七五読みしなければならない歌が、違う読み方がされたりしているので、これは本文の中で修正しています。

(2) 原文および一般的な読み方と一般的な歌の意味は、小学館の日本古典文学全集の『萬葉集』をもとに、本書向けに旧字を新字に改め、また読み方や解釈は同書を中心に他の資料を加味して、一般的に流通しているものに近づくようにしました。

(3) 漢字の成り立ちについては、中学時代から愛用している角川の『新字源』をベースにしています。

(4) ふりかなは、基本的に濁点をはぶいています。

(5) 原文および用語解説の詳細は各歌の末尾に配しました。

1　はじめに

第一章　天皇という奇跡を持つ日本

天皇が目指した日本の国柄

大和には村山あれととりよろふ　うまし国そやまとの国は（舒明天皇）

24　舒明《じょめい》天皇が香具山《かぐやま》に登って国望《くにみ》をされたときの御製《おほみうた》
25　歌の意味　本当はこう読み解ける！
26　舒明天皇が目指した仁徳《にんとく》天皇の功績《こうせき》
28　徳《とく》による治世《ちせい》と感謝の心を持つ民衆
30　よろこびあふれる楽しい国
32　山常《やまと》と八間跡《やまと》に込められた理想の国
34　お腹《なか》いっぱい食べて生きることができる幸せ
36　あっちからもこっちからもカマドの煙が立っているよ

37 人々の心が澄んで好感が持てる怜呵《うし》国
39 出会い、広がり、また集う、あきつの島
40 躍動的《やくどうてき》な人々の暮らしを意味する八間跡能国《やまとのくに》

豊かな国とはどのような国か

香具山は畝傍を愛しと耳成と相争ひき（中大兄皇子）

49 中大兄《近江宮御宇天皇》三山歌一首
50 歌の意味　本当はこう読み解ける！
51 なにごとも霊《ひ》が上
53 梨の栽培に感動する
56 みんなで努力して良い作物を作る
57 民衆の食を大切にされた天皇のありがたさ

すべてに公平なご存在

大君は神にしませば天雲の　雷の上に廬せるかも（柿本人麻呂）

63 天皇が雷岳《かみおか》で御遊ばされたときに柿本人麻呂が詠んだ歌
64 歌の意味　本当はこう読み解ける！
65 よどみなく万世にわたる皇《すめらき》の治世
68 人麻呂の歌は古代朝鮮語では読み解けない
74 【コラム】皇統とは「身《み》」の血統ではなく「霊《ひ》」の霊統

第二章　日本人の深い愛とは

全身全霊を込めて夫を愛した皇后陛下

君が行き日長くなりぬ山尋ね　迎へか行かむ待ちにか待たむ（磐媛皇后）

81 磐媛皇后《いわひめのおほきさき》の夫を愛する歌四首
83 歌の意味　本当はこう読み解ける！
84 一途な女性の愛は皇族であるという血筋にさえまさる

全力で自分を愛してくれる妻の心をしっかりと受け止めた偉大な天皇 86

どこまでも国の平穏を願う
磐代の浜松が枝を引き結び　ま幸くあらばまた帰り見む（有間皇子）

有間皇子《ありまのみこ》がご自分で悲しまれながら松の枝を結んだ歌二首 97
歌の意味　本当はこう読み解ける！ 98
有間皇子はなぜなにも語らなかったのか 99
無私から生まれる愛の心 101

大改革のとき額田王は何を詠んだか
あかねさす紫草野行き標野行き　野守は見ずや君が袖振る（額田王）

天智天皇ご主催の蒲生野での遊猟のときに額田王《ぬかたのおほきみ》が作った歌 107
歌の意味　本当はこう読み解ける！ 108
まず状況を考える 108
天皇は国家最高権威であって政治権力者ではない 110

額田王の果《は》たした内助の功　112

すべては妻のおかげです

紫の匂へる妹を憎あらば　人妻ゆゑに吾恋めやも（大海人皇子）

皇太子《ひつぎのみこ》の答《こた》ふる御歌、明日香宮《あすかのみや》に天の下治《したしら》しめたまふ天皇《すめみこと》、諡《おくりな》を天武《てんむ》天皇といふ　118
歌の意味　本当はこう読み解ける！　119
額田王の美しさにことよせて　119
【コラム】天智・天武から持統天皇の時代　126

第三章　国を護り国を想う

いまも続く防人たちの想い

初春は令き月にして気も淑くて風和み　梅は鏡前の粉を抜く（令和の歌）

梅花の歌三十二首、あわせて序　140
歌の意味　本当はこう読み解ける！　145
俺たちが護《まも》る国とは　147
本当の歌の良し悪しとは　149

夫の偉業を受け継ぐ決意

燃ゆる火も取りて包みて袋には　入ると言はずや面智男雲（持統天皇）

天を賛《たた》え、その偉業を受け継《つ》ぐ決意の歌　158
歌の意味　本当はこう読み解ける！　160

161 天武天皇のもとで政務を担った持統天皇
163 歴史上唯一「高天原」の諡号《しごう》を贈られた天皇

平和な世が崩れていくとき

熟田津に船乗りせむと月待てば　潮もかなひぬ今は漕ぎ出でな（額田王）

171 平和な世か崩《くず》れていく哀《かな》しみの歌
172 歌の意味　本当はこう読み解ける！
173 熟田津《にきたつ》は地名ではない
176 斉明天皇のお哀《かな》しみと額田王への信頼

国防の最前線にいる男たちの熱き想い

憶良らは今は罷らむ子泣くらむ　それその母も我を待つらむぞ（山上憶良）

181 山上憶良が宴《うたげ》から罷《まか》るときの歌一首
182 歌の意味　本当はこう読み解ける！
182 イケメンで高官だった山上憶良《やまのうえのおくら》

184 俺たちは女性や子供たちの幸せを護《まも》るためにここにいる
188 【コラム】天皇のご心配を気遣う額田王

第四章　民衆こそが宝、豊かで教養ある日本

女性の教養と施政者の心

ますらおと念へる吾や水茎の　水城の上に涙拭はむ（児嶋と大伴旅人）

196 女性の教養と施政者の心を示す歌四首
198 大納言《だいなごん》大伴《おおとも》卿の和《こた》ふる歌二首
199 歌の意味　本当はこう読み解ける！
201 神々との対話は女性の役割
203 ホームの陰《かげ》で泣いていた
205 ひとりひとりを人として慈《いつく》しむ

高いレベルにあった女性たちの教養 207
身分と人としての価値は別 210

日本は古来男女が対等な国

我が背子は物な思ひそ事しあらば　火にも水にも我れなけなくに（安倍女郎）

夫を愛する妻の歌 220
歌の意味　本当はこう読み解ける！ 221
私が背負った夫 222
神様とのお約束 224
「めおと」は妻夫、男女は対等 225

天皇の大御心は常に民を想う

籠よみ籠もち　ふくしもよみふくしもち　このをかに菜つます児（雄略天皇）

天皇の大御心《おほみこころ》を示される 232
歌の意味　本当はこう読み解ける！ 234

非道《ひどう》は許さない 235
民の幸せこそ国家の幸せ 236
乳飲《ちの》み子の命を大切にするお志《こころざし》 237
娘さんに声をかけているのではない 239
【コラム】山上憶良が示した国司の使命 242

おわりに 250

第一章

天皇という奇跡を持つ日本

天皇が目指した日本の国柄

大和には村山あれととりよろふ　うまし国ぞやまとの国は（舒明天皇）

最初にご紹介するのは、舒明《じょめい》天皇の御製です。

天皇がお詠みになられた歌のことを他の人の歌と区別して「御製」といい、これで「おほみうた」と読みます。舒明天皇は飛鳥《あすか》時代の第三十四代天皇で、天智《てんち》天皇、天武《てんむ》天皇という二人の偉大な天皇に大きな影響《えいきょう》を与えた父天皇です。

この御製は万葉集の二番目に登場する歌で、「うまし国ぞ、大和の国は」というフレーズで、古来、たいへん多くの人に親しまれ、愛されてきた歌です。現代語で「美しい国です。大和の国は」と訳すと、まるで大和の国の景観《けいかん》の美しさを詠《よ》んだ歌のようですが、原文では「うまし」のところが「怜呵《うまし》」と見慣れない漢字で書いてあります。果《は》たしてどのような意味があるのでしょうか。

また「うましくにそ」では六文字ですが、和歌は、短歌が五七五七七の三十一文字、長歌《ちょうか》は五七五七がずっと繰り返されていって、末尾《まつび》を七七で締めくくるのがルールです。人々のお手本となるべき天皇が、いきなり六文字でルールを破《やぶ》るのでしょうか。では本当のところどのように読んだら良いのでしょうか。

歌の中にある「とりよろふ《取与呂布》」は、意味不明だから訳さないとしているものもあるようですが、そもそも短い歌の中で意味不明な言葉など入れるでしょうか。

そこで原文と各行ごとの読みと意味を、歌のタイトル《これを題詞《ひたいのことば》といいます》からみていきたいと思います。

【舒明《じょめい》天皇が香具山《かぐやま》に登って国望《くにみ》をされたときの御製《おほみうた》】

✿天皇登香久山望国之時御製歌

山常庭
村山有等
取与呂布
天乃香具山
騰立
国見乎為者
国原波
煙立龍
海原波

やまとには
むらやまあれど
とりよろふ
あめのかくやま
のぼりたち
くにみをすれば
くにはらは
けぶりたちたつ
うなばらは

恵《めぐ》みの山と広い原のある大和の国は
村々に山のある
豊かな食べ物に恵《めぐ》まれて
人々がよろこび暮《く》らす国です
天《あめ》の香具山《かぐやま》に
登り立って
人々の暮らしの様子《ようす》を見てみると
山から見下ろす平野部は
民の家からカマドの煙が、まるで龍《りゅう》が天に
立ち昇《のぼ》るかのように立ち昇っています
果てしなく続く海の波のように

加万目立多都
怜何国曽
蜻嶋
八間跡能国者

かまめたちたつ　たくさんのカマドの煙が立ち昇っています
うしくにそ　大和の国は、民衆の心が澄《す》んで賢《かしこ》く心根《こころね》が
良くて、おもしろい国です
あきつのしまの　その大和の国は人と人とが
やまとのくには　出会い広がりまた集う美しい国です

◇歌の意味　本当はこう読み解ける！

【舒明《じょめい》天皇が香具山《かぐやま》に登って国望《くにみ》をされたときの御製《おほみうた》】

恵みの山と広い原のある大和の国は、村々に山があり、豊かな食べ物に恵まれて人々がよろこび暮らす国です。天の香具山に登り立って人々の暮らしの様子を見てみると、見下ろした平野部には、民《たみ》の家からカマドの煙がたくさん立ち昇っています。それはまるで果てしなく続く海の波のように、いくつあるのかわからないほどです。大和の国は、

民衆の心が澄んで賢く心根が良くて、おもしろい国です。その大和の国は人と人とが出会い、広がり、また集う美しい国です。

◇舒明天皇が目指した仁徳天皇の功績

舒明天皇は天智《てんち》天皇、天武《てんむ》天皇の父です。偉大な二人の天皇が模範とした父天皇です。続く治世は、父天皇である舒明天皇の理想を実現しようと努力が重ねられた時代です。そうであればこの歌は、飛鳥時代から平安初期に至るわが国統治の根幹《こんかん》を表した歌であるということができます。果たしてそのような歌を、ただ「山がたくさんあるなあ、美しい景色だなあ」とだけにしか鑑賞しないのは、あまりにももったいないことです。

歌の中に「加万目立多都《かまめたちたつ》」という表現が出てきます。

これは山から見下ろした平野部の民家から、カマドの煙が次々と立ち昇っている様子です。民家のカマドの煙については、仁徳《にんとく》天皇の「民のかまどは賑いにけり」の物語があります。仁徳天皇は四世紀（五世紀前半という説もあり）の第十六代天皇です。第三四代舒明天皇からみると二五〇年ほど昔の天皇です。年代的には幕末の徳川十五代将軍慶喜《よしのぶ》の時代に、初代将軍の徳川家康のことを語るのと、同じくらいの歳月の差があります。

そこで仁徳天皇の物語を振り返ってみます。

仁徳天皇四年の出来事です。天皇が難波高津宮《なにわのたかつのみや》から遠くをご覧になられ、

「民のカマドより煙が立ち昇らないのは、貧《まず》しくて炊《た》くものがないのではないか。都がこうだから、地方はなおひどいことであろう」と、向こう三年の租税《そぜい》を免《めん》じられたというのです。三年経《た》って天皇が三国峠《みくにとうげ》の高台に出られて、炊煙《すいえん》が盛《さか》んに立つのをご覧《らん》になり、かたわらの皇后《おほきさき》におっしゃられました。

「朕《ちん》はすでに富《と》んだ。嬉《よろこ》ばしいことだ」

「変なことを仰《おっしゃ》いますね。宮垣《みやかき》が崩《くず》れ、屋根が破《やぶ》れているのに、どうして富んだ、といえるのですか」

「よく聞けよ。政事《まつりごと》は民《たみ》を本《もと》としなければならない。その民が富んでいるのだから、朕《ちん》も富んだことになるのだ。」

天皇は、ニッコリされて、こうおっしゃられました。

◎徳《とく》による治世《ちせい》と感謝の心を持つ民衆

ここまでは、よく知られた話ですが、この話にはさらに後日談があります。この話を聞いた諸侯《しょこう》が、

「皇宮《おほみや》が破《やぶ》れているのに、民は富み、いまでは、道にモノを置《お》き忘《わす》れても、拾《ひろ》っていく者すらいないくらいです。それでもなお税を納《おさ》め、宮殿を修理させていただけないならば、かえって、わたしたちが天罰《てんばつ》を受けてしまいます」と申し出たというのです。それでも仁徳天皇は、引き続きさらに三年間、税を献《けん》ずることをお聞き届けになられません。そして六年の歳月がすぎたとき、やっと天皇は税を課《か》し、宮殿の修理《しゅうり》をお許《ゆる》しになったというのです。そのときの民の有様を「日本書紀《にほんしょき》」は、次のように生き生きと伝えてい

ます。「民《たみ》、うながされずして材《ざい》を運《はこ》び簣《こ》を負い、日夜をいとわず力を尽《つ》くして争《あらそ》い作る。いまだ幾《いく》ばくを経《へ》ずして宮殿ことごとく成《な》りぬ。故《ゆへ》に今に聖帝《ひじりのみかど》と称《しょう》し奉《たてまつ》る。みかど崩御《ほうぎょ》ののちは、和泉国《いずみのくに》の百舌鳥野《もずのの》のみささぎに葬《そう》し奉《たてまつ》る。」

その「みささぎ《古墳》」が、堺市にある仁徳天皇陵です。

仁徳天皇陵（大阪府）

◎よろこびあふれる楽しい国

この物語が書かれた日本書紀は、大和の国がある淤能碁呂島《おのごろじま》は、もともとイザナキとイザナミが「豈国《あにくに》」を目指して築《きず》かれたと書いています。「豈」という字は、神社で婚礼の儀などのお祝いごと、つまりよろこびのときや楽しいときに打ち鳴らす「楽太鼓《がくたいこ》」と呼ばれる据《す》え置き型の太鼓をかたどった象形文字です。ですから「豈国」とは、楽太鼓を打ち鳴らすような、よろこびあふれる楽しい国のことです。一部の支配者が収奪《しゅうだつ》者《しゃ》となって人々から食べ物を奪《うば》って、自分たちだけが贅沢三昧《ぜいたくざんまい》の楽しい国を作っても、それは豈国《あにくに》とはいいません。なぜならその支配層によって多くの民衆が飢《う》えに苦しみ、まるで餓鬼《がき》のような姿になっている国ならば、決して「よろこびあふれる楽しい国」とはいえないからです。そして人々は自分のことしか考えられなくなり、自分さえ良ければ何をやっても良い、どんなに嘘をついても良いといった悪《あ》しき国柄《くにがら》ができあがります。

そうではなくて、人々みんなが富《と》み栄《さか》え、人々の生活に常に余裕《ゆとり》があって、人々の家々からカマドの煙が豊かに立ち昇《のぼ》るような国であれば、人々の心には自然と思いやりとやさしさが備《そな》わり、嘘《うそ》をつかず、互《たが》いをいたわり、互いに支《ささ》え合《あ》って生きることが普通にできるようになっていきます。そして誰もが豊かに安全に安心して暮らせる国であれば、人々は安心して、お互《たが》いに思いやりを持って心身《しんしん》ともに豊かに暮らすことができる。

それこそがイザナキとイザナミが目指《めざ》した豈国《あにくに》であり、これを仁徳《にんとく》天皇は統治《とうち》の基本とされ、舒明《じょめい》天皇は、あらためて治世《ちせい》の根幹《こんかん》としてこの歌を詠《よ》まれているわけです。

そして、このような歌を遺《のこ》された舒明天皇の息子さんが、天智天皇であり天武天皇です。父の理想を実現するために、一部の豪族《ごうぞく》の専横《せんおう》を抑《おさ》え《乙巳《おっし》の変》、わが国の民衆を「おほみたから《公民》」としてくださった《大化《たいか》の改新《かいしん》》天智天皇、そんな日本の姿を神語《かむかた》りとして史書《ししょ》にすることを命じられた天武天皇。そして天智天皇の娘であり、天武天皇の正妻となられたのが、わが国が最初に対外的に「日本」の国号《こくごう》を名乗った持《じ》統《とう》天皇です。こうして千三百年前に作られた「日本」という国号が、いまなおわが国の名前として使用され続けています。

◇山常《やまと》と八間跡《やまと》に込められた理想の国

まだ貨幣経済《かへいけいざい》がなかった古代《こだい》において、富は食べ物のことを指します。人は食べなければ死んでしまうからです。加《くわ》えて日本は地震や台風、津波に火山の噴火と、自然災害が多い国です。いくら欲《よく》をかいて個人の利得《りとく》を追っても、ひとたび水害が起きれば何もかも濁流《だくりゅう》に流されてしまいます。水が引いても食べ物が失われていれば、たちまち飢《き》饉《きん》が襲《おそ》います。そして飢饉のあとに必ず起こるのが疫病《えきびょう》です。結局のところ人々が、日頃から互いに助け合う社会を構築しなければ、日本列島では人々が生きていくことができないのです。

歌い出しの「山常庭《やまとには》」は、山には常に庭《にわ》があるという意味です。庭は平野部です。その平野部で人々は稲作《いなさく》をします。

狩猟採集生活から稲作へと転換したのは、稲が備蓄《びちく》食料として年単位の保存が可能だからです。天然の災害が起こったとき、食料の備蓄があるとないとでは雲泥《うんでい》の差があります。ですから平野部《庭》でみんなでお米を作り、そのお米は、水に流されない高所で地盤《じばん》のしっかりした涼《すず》しい場所に備蓄しました。

そこに風通しの良い高床式《たかゆかしき》の倉庫を築き、備蓄米は神様に守ってもらいました。これが後に神社になりました。神社は庭《平野部》で作られたお米を備蓄し、苗《なえ》を栽培して、田植えの時期に農家にそれを配《くば》りました。収穫期《しゅうかくき》にはお祝《いわ》いのお祭《まつ》りも行《おこな》われるようになりました。いまでも古い神社では神職の方々が新米《しんまい》を口にすることができません。新米はいざというときのために二年間備蓄することが伝統になっているからです。神職の方々は三年目の古古米《ここまい》から召《め》し上がります。これが庭《生産》と山《備蓄》の関係です。

歌の末尾にある「八間跡能国《やまとのくに》」は、活発な人々の暮らしを意味します。「八」は霊数《れいすう》で「たくさんの」という意味、「間」は四畳半一間とか八畳一間というように四角に区切った空間、「跡」は人の両脇《りょうわき》にある足跡《あしあと》の象形です。つまり区画整理された都の街路を往来する人々です。つまり「八間跡《やまと》」は、「数え切れないくらいたくさんの家々《間》と、家々の間の道路に行き来する躍動的《やくどうてき》な都《みやこ》の人々の暮らし」を意味しています。

つまり決して飢えることがないように人々が互いに協力しあって豊かな食料を生産し、その食料を備蓄することでいざというときに備え、こうした安全と安心のもとで、大勢の人々が道路を楽しく行き来して幸せに暮らすことができる。そういう国を舒明天皇は国家の理想像としてこの歌を詠《よ》まれているわけです。

◇お腹《なか》いっぱい食べて生きることができる幸せ

歌は「山常庭《やまとには》」に続けて、「村山有等取与呂布《むらやまあれどとりよろふ》」と述べています。平野部《庭》にある村々が山に食料を備蓄し、また村では村の庭にあたる田畑で食べ物を「取り《収穫《しゅうかく》し》」、お腹《なか》いっぱいに食べることで「与呂こ布《よろぶ》」のです。

「取与呂布」は、意味がないどころか、大切な意味がある言葉です。お腹いっぱい食べて生きることができる幸せは、現代人は飽食《ほうしょく》の時代であまり実感がないかもしれませんが、自然災害の多い日本の国土にあって、安心して食べていかれるだけの食べ物を安定的に得《え》ることがどれだけ社会的に貴重《きちょう》とされてきたか。飢《う》えによって愛する妻や幼いわが子を失うことの辛《つら》さを考えれば、そのことの重要性は容易《ようい》に理解できるのではないかと思います。

一説によれば狩猟採集生活は、平時であれば一日に二〜三時間の労働で家族が食べていくのに充分な食料を得ることができるそうです。それがなぜわが国では土地の開発など多くの労働力を要する農耕生活を重視したのか。それは冷蔵庫のなかった時代にあって、稲が備蓄食料として二〜三年の長期の保存に耐える穀物《こくもつ》であったからだといわれています。

そして仁徳《にんとく》天皇は土木《どぼく》天皇と呼ぶのがふさわしいほど、稲作のための膨大《ぼうだい》な土地開発を行った天皇であったことが日本書紀に書かれています。その仁徳天皇の偉業《いぎょう》を継《つ》ぎ、天然の災害の多い日本にあって、どこまでも民衆が災害時に飢えることのない安心を国政の中心に据《す》えていく。一部の王侯貴族や豪族だけが贅沢《ぜいたく》を追う社会ではなく、民衆の幸せこそを国の幸せとするわが国の治世《ちせい》の根幹《こんかん》を、舒明天皇はあらためて歌に込められているのです。

◎あっちからもこっちからもカマドの煙が立っているよ

そんな舒明天皇がある日、国の様子を見ようと、天《あめ》の香具山《かぐやま》に登《のぼ》られます。歌ではこれを「騰立《のぼりたち》」と詠んでいます。「騰」という字は、馬で人を持ち上げて運ぶ象形文字ですから、馬で山頂まで登られたのでしょう。頂上から見渡す大和盆地は、まるで海原のように目の前に広大に拡《ひろ》がっています。これが「海原波《うなはらは》」です。

その広々とした大和盆地にある民家から、まるで龍が天に昇《のぼ》るかのように、一筋《ひとすじ》の煙が立ち昇《のぼ》ります。食事の仕度《したく》のカマドの煙です。「お、あがったね」と見ていると、次々に、「ほら、あっちの民家からも、ほら、こっちの民家からも」煙が立ち昇ります。これを歌では「煙立龍《けむりたちたつ》」、「加万目立多都《かまめたちたつ》」と書き表しています。

しかもその煙の数は、いったいいくつあるのかわからないほどです。これを歌では「海原波《うなはらは》」と書き表しています。海の波は、いくつあるのか数え切れません。それと同じに数え切れないほどの幸せの煙が空に立ち昇っています。だから「海原波加万目立多都《うなはらはかまめたちたつ》」です。単に海にカモメが飛んでいるということを述べているのではないのです。

◇人々の心が澄んで好感が持てる怜《う》恂《し》国

人々が豊富な食料を持ち蓄え、たくさんの人々が往来を行き来して幸せに暮らす国、このことを舒明天皇は「怜恂国曽《うしくにそ》」と詠《よ》まれています。

「怜」は、「令」が神様の前でかしずく人の象形で、これに「忄」が付いていますので、神様の前にかしずく心、すなわち「心が澄《す》んで賢《かしこ》いこと」を意味します。豊かで安心して安全に暮らすことができるから、人々は良い心根《こころね》を保持して生きることができるのです。

「恂」は「心に可《か》なう」で、心根が良いことを意味する漢字です。おもしろいことに、この字の訓読《くんよ》みもまた「おもしろい」です。わが国では、古来「好感《こうかん》が持てること」を「おもしろい」と表現しました。楽しく笑えるような心情は「をかし」です。近年では「おもしろい」が、あたかも瞬間芸のお笑いを意味する用語であるかのような使い方が目立ちますが、そうはいっても、いまでもできの良い《内容の良い》ドラマや映画などを観《み》たあとには、「おもしろかったね」と、普通に会話されます。この場合の「おもしろい」は、古くからの日本語の意味で、「好感が持てた、良かった、みごたえがあった」等の意味です。まだまだ「おもしろい」の原義《げんぎ》が完全には失《うしな》われていないのです。

そして、この「怜」と「呵」の二つの漢字を合わせて、「うし」と読みます。単に景色が美しいのではなく、「民衆の心が澄んで賢くて心根が良くて、みんなが幸せに生きていくことができる好感の持てる国」という意味を、舒明天皇は「怜呵国曽《うしくにそ》」とお詠みになっているのです。

◇出会い、広がり、また集う、あきつの島

歌にある「蜻嶋《あきつのしま》」は、「蜻」という漢字の音読みが「セイ」で、昆虫のトンボを意味する漢字だから、トンボの島だと解説しているものを多く見かけます。しかし歌は、その「蜻」という字に「あきつ」という大和言葉《やまとことば》を当てています。大和言葉は一字一音一義の言葉で、その音の意味は、いまも残る漢字の訓読みから伺《うかが》い知ることができます。

訓読みで「あ」を持つ漢字には「会、合、逢、遭」があります。いずれも出会うことを意味しています。

訓読みで「き」を持つ漢字には「木、生、黄、気」があります。木も気も黄ばみも生命も、いずれも広がっていくものです。

訓読みで「つ」を持つ漢字には「津、尽、接」があります。津は、湊《みなと》で筆を持つ人の象形です。入船出船の荷受《にう》けの管理をして筆を持っているわけです。つまり人の出入りのある水際《みずぎわ》を意味する漢字です。尽は旧字が盡で、器の中をハケで払っている象形で、

なぜ器の中をきれいに払うかといえば、次に物を入れるためです。接は二つの物をつなぐ象形です。これらに共通しているのは「集うこと、集《あつ》まること」です。

以上から大和言葉の「あきつ」の意味を読み解くと次のようになります。

あ……出会い

き……広がり

つ……また集う

つまり「あきつの島」とは「人々が出会い広がりまた集う島」ということになります。

◇躍動的《やくどうてき》な人々の暮らしを意味する八間跡能国《やまとのくに》

末の句の「八間跡能国《やまとの国》」は、実におもしろい表現です。意味は33ページで述べた通りです。

そこから「蜻嶋《あきつのしまの》八間跡能国者《やまとのくには》」を意訳しますと、

「数え切れないくらいたくさんの家々《間》があり、

道に大勢の人々が往来する大和の国は、人々が出会い、広がり、また集う島です」という意味になります。

以上から、舒明天皇がただ「山がきれいだ。美しい国だ」と詠んだだけではないことをご理解いただけたのではないかと思います。もちろん歌の解釈は読み手の自由ですから、あくまでこの歌を「日本の景色は美しい」という意味の歌として鑑賞することも自由です。

しかし歴史を振り返れば、この少し前の時代までのおよそ三百年間、中国は魏晋南北朝時代の内戦に明け暮れていて、日本はその中国と外交的にも商業的にも関わる必要がありませんでした。

ところが五八一年に隋《ずい》が中国を統一し、六一八年には唐《とう》がこれに代わって中国を統一します。隋がなぜ滅んだかといえば、高句麗《こうくり》との度重《たびかさ》なる戦争のために国が疲弊《ひへい》したことが原因です。ですから隋の後を受《う》け継《つ》いだ唐は、隋が滅《ほろ》ぶ原因となった高句麗の軍事的脅威《きょうい》への対抗から、唐から見て高句麗の向こう側にある新羅《しらぎ》や百済《くだら》にさかんに接近をこころみていた《これを「遠交近攻《えんこうきんこう》」といいます》のが舒明天皇の時代です。

この当時は新羅も百済も倭国《わこく》《日本国の旧名》が主導していましたが、もし新羅か百済のどちらかが欲《よく》をかいて唐に味方して高句麗を挟《はさ》み撃《う》ちに滅《ほろ》ぼせば、わが国は次の標的として軍事的脅威にさらされることになります。わが国が自立自存《じりつじそん》を保《たも》つためには、外交面の努力だけでなく、国内の愛国心を涵養《かんよう》しなければなりません。寡兵《かへい》で大軍に勝利するには、絶対に負けられないという誇《ほこ》りと自覚《じかく》と責任感を国民が共通意識としていかなければならないからです。


ですからこの段階で倭国として必要なことは、倭国と呼ばれた日本の人々が和をもって結束すること、日本が美しく豊かで安全で安心な国であるという意識を、完全に国内に定着させ、それがみんなの努力によってできあがっていることへの誇りと自覚を養《やしな》うことです。国への愛があるから、国を護《まも》るために戦うことができるのです。

人々が個人の利害得喪《りがいとくそう》だけで動くような国柄《くにがら》では、簡単に外国による内部破壊工作によって国が分断されてしまいます。分断されれば征服《せいふく》されて、その豊かな暮らしも安全な暮らしも失《うしな》われます。そういうむつかしい局面にあって、舒明天皇のこの歌は、見事に国の美しさ、国家が家族となるにあたって必要な心構えのすべてが込められた素晴らしい歌になっているのです。

▼原文

【天皇登香久山望国之時御製歌】

山常庭　村山有等　取与呂布　天乃香具山　騰立　国見乎為者　国原波　煙立龍　海原波
加万目立多都　怜𪫧国曽　蜻嶋　八間跡能国者

▼用語解説

山常庭《やまとには》……単に大和の庭というだけでなく、山には常に庭があるという意味と掛《か》け合わせています。

村山有等《むらやまあれど》……一行目の「山常庭《やまとにわ》」と対《つい》になっているところで、「山には庭《ハラ》があり、ムラにはヤマがある」と対義的に述べています。

取与呂布《とりよろふ》……平野部《庭》で人々が食べ物を「取り」、お腹いっぱいに食べることで「与呂《よろ》こ布《ぶ》」。

天乃香具山《あめのかくやま》 **騰立**《のぼりたち》……「騰」は馬で人を持ち上げて運ぶ象形文字。香久山に馬で登ったこと。

国見乎為者《くにみをすれば》……人々の生活の様子を見ること。

国原波《くにはらは》**煙**《けぶり》 **立龍**《たちたつ》……カマドの煙が平野部でまるで龍が天に立ち昇るかのように次々と昇り立っている様子。

海原波《うなはらは》**加万目**《かまめ》**立多都**《たちたつ》……いくつあるのかわからない万ある海の波のように、たくさんの煙が「立多都《たちたつ》」＝都にたくさんのカマドの煙が立ち昇っている様子。

怜𢙎国曽《うしくにそ》……「怜」は、心が澄んで賢《かしこ》いことを意味する漢字。「𢙎」は心根が良いことを示す字で訓読みが「おもしろい」。「うまし、く、に、そ」と読むと六文字になるので採用できない。

蜻嶋《あきつのしま》……出会い広がりまた集う島。

八間跡能国者《やまとのくには》……数え切れないいくらいたくさんの家々《間》と、家々の間の道路での躍動的《やくどうてき》な人々の往来《おうらい》と暮らし。

第一章　天皇という奇跡を持つ日本

豊かな国とはどのような国か

香具山は畝傍を愛しと耳成と相争ひき（中大兄皇子）

中大兄《なかのおほえ》というのは次男を意味する言葉です。本当のお名前は葛城皇子《かつらぎのみこ》といいます。これはたとえば昭和天皇のお名前が本当は裕仁《ひろひと》なのだけれど、通称を「迪宮《みちのみや》」と呼んだのと同じです。ところが長男の古人大兄皇子《ふるひとのおほえのみこ》が出家し、その後謀反《むほん》の咎《とが》で処刑されたため、皇位継承権が次男の中大兄皇子《なかのおほえのみこ》のものになり、後に即位して第三十八代天智《てんち》天皇となられました。その中大兄皇子の弟が大海人皇子《おほあまのみこ》《後の第四十代天武《てんむ》天皇》です。そして大海人皇子の正妻が中大兄皇子の子である持統《じとう》天皇、妃《ひ》が額田王《ぬかたのおほきみ》です《当時は一夫多妻制です》。大海人皇子と額田王との間には、十市皇女《とほちのひめみこ》があります。

この歌は古来、香久山《かぐやま》《中大兄皇子》と耳成山《みみなしやま》《大海人皇子》が、ひとりの女性の畝《うね》傍山《びやま》《額田王》を争った歌だという解釈が広がり、そこから「のちの壬申《じんしん》の乱（六七二年）のひとつの引き金になった歌だ」などともいわれてきました。

それが本当だとしたらこの歌は壬申の乱の原因をつくった、歴史を動かしたたいへんな歌ということになります。しかし本当にそうなのでしょうか。

はじめににも書きましたが、天智天皇と天武天皇、そして額田王が三角関係であったということを証明する文献はありません。にもかかわらず三角関係云々とされるのは、万葉集に掲載されたこの歌と、額田王や大海人皇子の歌、つまり万葉集にある歌だけが原因です。

しかし子供までいる弟の妻を奪《うば》うなどということが、実際にあるでしょうか。それにこの歌は、本当に中大兄皇子が額田王を求めて詠《よ》んだ歌なのでしょうか。

この歌の初句《しょく》は一般に「香久山《かぐやま》は」と読み下すとされているのですが、原文には「高山波」と書いてあります。どう見ても「たかやま《高山》は」です。タイトルに「三山歌」と書かれているし、歌には畝傍山《うねびやま》と耳成山《みみなしやま》がありそうですから、残るひとつの山は香久山しかないだろう、だから高山と書いてあっても、それは香久山だという主張もわからないではないですが、現に「高山」と書いてあるということは、何か他に意味があったのではないでしょうか。

またこの歌は長歌です。

長歌は五七五七が繰り返されたあと、末尾が七七で締めくくるのがルールです。ところが一般の読み下しでは、なぜか末尾が「嬬乎相挌良思吉《つまをあらそふらしき》」と十文字になっています。読みはそれで正しいのでしょうか。

そこで読みと意味を再解釈してみると次のようになります。

【中大兄《近江宮御宇天皇》三山歌一首】

高山波
雲根火雄男志等
耳梨与
相諍競伎
神代従
如此尓有良之
古昔母
然尓有許曽
虚蟬毛
嬬乎相挌
良思吉

たかやまは
うねびおほしと
みみなしと
あひあらそひき
かみよより
かくにあるらし
いにしへも
しかにあれこそ
うつせみも
つまをあいかく
よきとおもほす

高い山には
雲を起こす雄々しい志があり
耳なりになった果実を与えようと
ずっと競い合ってきた
神代から
ずっとそうだった
母なる古い昔も
かさねがさね神に祈ってきた
いまもおなじくやかましくとも
神に仕える巫女《みこ》とともに祈《いの》ることを
良い《吉い》ことと思う

【反歌】

高山与
耳梨山与
相之時
立見尓来之
伊奈美国波良

たかやまと　高い山が与えてくれる
みみなしやまと　耳なりの果実の恵みの山と
あひしとき　出会うとき
たちみにきたる　それを立見に来ました
いなみくにはら　長がおさめる作物の豊富な国を

◇◇◇◇◇◇◇◇◇◇◇◇◇◇◇◇◇◇◇◇◇◇◇◇◇◇◇◇◇◇◇◇

◎歌の意味　本当はこう読み解ける！

【中大兄《近江宮御宇天皇》三山歌一首】

雲の起こる雄々しい高い山のふもとで、誰もが豊かになろうと志を持って競《きそ》い合って栄えてきたのだぞ。神代《かみよ》からずっとそうしてきたのだぞ。母なる古い昔にかさねがさね神に祈ってきたように、これからも神に仕《つか》える巫女《みこ》とともに祈りを捧げていくのだ。

【反歌】

豊かな恵みを与えてくれる大和三山の山の高きに、天皇がおさめられている豊かな国を立ち見しにやってきた。

◎なにごとも霊《ひ》が上

ご一読していただいてわかるように、歌のどこにも額田王を争ってきたなどと詠まれていません。むしろ、民衆が少しでも豊かになろうと努力していることを讃《たた》え、その民衆の努力を慈《いつく》しむ歌になっています。そもそも中大兄皇子《なかのおほえのみこ》の父は、なによりも民《たみ》の幸せを重んじられた舒明天皇《じょめいてんのう》です。母もまた皇極天皇《こうぎょくてんのう》、重祚《ちょうそ》して斉明天皇《さいめいてんのう》と、二度も天皇をおつとめになった偉大な天皇です。

わが国において天皇は国家最高の権威《けんい》であり国家の最高権力よりも上位に位置します。その権威は、天照大御神《あまてらすおおみかみ》からの直系の霊統《れいとう》であることに依拠《いきょ》します。霊統がもっとも濃《こ》い者が次の天皇となって、天照大御神以来の霊統を保持《ほじ》するのです。それが天皇の権威の裏付けです。現代風にいうと「血筋」です。血筋には、「霊統」と「血統《けっとう》」という二つがあるというのが、わが国の古くからの考え方です。どういうことかというと、人には御魂《みたま》《霊《ひ》》が肉体《身《み》》に備わります。子を産むことができるのは女性だけですが、これは女性の「身」から赤ちゃんの「身」が生まれることを意味します。その赤ちゃんの「身」に御魂《みたま》《霊《ひ》》を授《さず》けるのは男性の役割です。

天照大御神は御神体ですから、霊《ひ》の御存在です。

その天照大御神からの霊を保《たも》ち受け継いで霊統を子につなげるのは男性の役割です。これが「男系男子が皇位《こうい》を継承する」理由です。斉明天皇は、敏達天皇《びだつてんのう》の第一皇子である押坂彦人大兄皇子《おしさかのひこひとのおほえのみこ》の子の茅渟王《ちぬのおおきみ》の子ですから、男系の血筋《男系の霊統》を持った女性天皇ということになります。

ちなみにこの仕組ですと、女性であれば、身分の上下や出自《しゅつじ》を問わず、誰でも天皇の妻になることができます。するとその女性は、その日からご皇族《こうぞく》の一員となれることを意味します。

一方、男性の場合は霊統がなければ皇族になることは絶対にできません。

つまりこの仕組は、女性を人として対等な存在であるとする伝統がなければ、絶対に実現しない、世界最古の男女平等、もしくは女性の人としての地位を安定的に公式に定めた仕組みということができます。わが国の女性は、古来、大切な存在とされてきたのです。

◎梨の栽培に感動する

初句の「高山波」は、一般にはこれで「かぐやま《香久山》は」と読むとされているのですが、本書で最初にご紹介した舒明《じょめい》天皇の御製《おほみうた》では普通に香久山と表記されてい

るものが、どうしてここでは「高山」と書いているのか疑問が残ります。ちなみに大和三山の標高は、

香久山《かぐやま》　一五二メートル
耳成山《みみなりやま》　一四〇メートル
畝傍山《うねびやま》　一九九メートル

で、一番高いのは畝傍山であって香久山ではありません。

続く「雲根火雄男志《うねびおほし》」は、「雲根火《うねび》」と書いてあるから畝傍山《うねびやま》であろうというのですが、原文は「雲根」です。「雲の根」というのは、古語で雲がわき起こる高山を意味します。「火雄男志」は「火のように雄々しい男の志」です。

大和三山は、いずれも大昔の火山の跡《あと》で、山には火山特有の溶岩石がゴロゴロしている山です。古代の人たちが大和三山が火山の跡の山と見て、三山ともに「雄々しい山」と考えたとしても何の不思議もありません。要するにここでは「平地よりもすこし高くなっている山であり、雲を起こすような雄々しい志を持った大和三山は」と歌を切り出

しているわけです。

そんなゴロゴロした溶岩の山は、そのままでは使い物になりません。ところが中大兄皇子の時代に、梨《なし》の栽培技術が確立されます。梨は古くは一世紀の登《と》呂遺跡《ろいせき》(静岡県)からも種が見つかっていますから、かなり古い時代から食用にされていたのですが、実は栽培がたいへんで、ようやく栽培が可能となって公的に奨励《しょうれい》されるようになったのが持統《じとう》天皇の時代です。

日本書紀に、持統天皇が五穀《ごこく》と並んでクワ、カラムシ《苧麻》、栗、カブ、梨の栽培を奨励したという記録があります。これは持統天皇のすこし前の時代に、梨の栽培技術が確立されたことを意味します。梨の栽培法の確立によって、それまで平野部でしか農作業に使えなかったものが、山の斜面も活用できるようになったわけです。そしてその山の斜面に梨の実が「みみなりに」なったのです。その視察に中大兄皇子が出向《でむ》かれ、みみなりになっている梨をご覧《らん》になり、その感動を歌にされたのがこの歌というわけです。

◇みんなで努力して良い作物を作る

「相諍競《あひあらそいき》」も、人々が競い合って、良い作物が採れるように頑張《がんば》ってきたことを意味します。人々が喧嘩《けんか》したり戦争したりすることを述《の》べているのではありません。なぜなら、続いてそれが「神代従《かみよより》」ずっと続けられてきたと歌が詠《よ》まれているからです。「昔もいまも虚蟬《うつせみ》」も、そうやって努力を重ねてきたのです。「うつせみ《虚蟬》」は「空蟬《うつせみ》」とも書き、現世のことです。

「嬬乎相挌良思吉《つまをあひかくらしき》」も、一般にはこれを「妻を相《あい》あらそうらしき」と読み、妻をめぐる三角関係のように言われますが、書かれている字をみれば「相格《そうかく》」です。これは「相《そう》対《たい》」と同じ意味の言葉です。また「嬬《しゅ》」という字は「需」が雨乞いをするヒゲを生やした祈禱師《きとうし》を意味する字で、それが女偏ですので、神に仕《つか》える女性を表します。配偶者の場合は「妻《つま》」であって「嬬《しゅ》」ではありません。

「挌」も木に降りた神の足元で祈りを捧げている象形文字ですから、意味的には一緒に神に祈りを捧げてきたことです。つまり「嬬乎相挌良思吉」は、神々に相対《あいたい》して、良いことを思ってきた《願ってきた》といっているのです。

まして末尾の「伊奈美国波良《いなみくにはら》」の「伊」は神聖なものを手にした氏族《しぞく》の長《おさ》を意味する字、「奈」は、旧字が「柰」で、神事で用いる果樹、つまり作物のこと、「美」は大きな羊の頭で、食べ物が豊富なこと、「国」は人々が住む領域です。つまり伊奈美国《いなみのくに》は「長《おさ》がおさめる作物の豊富な国」です。

そしてこのことは反歌になると一層《いっそう》、明らかになります。

反歌《かへしうた》というのは、本歌の意味を補強するために詠《よ》まれる歌で、ここでは高い山に、耳なりに実《みの》った作物に会うために〈つまり視察するために〉立ち見に来た、とちゃんと書いてあります。

◎民衆の食を大切にされた天皇のありがたさ

結論として、額田王をめぐる三角関係の歌であり、のちの壬申《じんしん》の乱の引き金になった

歌とまでいわれていたこの歌は、ちゃんと読めば、まったく意味が違っていて、

神代の昔からみんなで築いてきたこの山河が
のちの世まで豊かに繁栄し続けるよう
これからもしっかりと祈り続けていこうではないか

という歌であることがわかりました。

歌の意味を補足する反歌《かえしうた》もまた

この歌は大和三山のひとつに
国見をするために登ったときの歌ですよ

と、ちゃんと書いてあるわけです。

中大兄皇子は、後に天智天皇となられた方ですが、天皇に即位される前から、人々の食生活の充実を、とても大切にされてきた方であることを、この歌から伺《うかが》い知ることができます。それはとてもありがたいことです。

▼原文

【中大兄《近江宮御宇天皇》三山歌一首】

高山波　雲根火雄男志等　耳梨与　相諍競伎　神代従　如此尓有良之　古昔母　然尓有許曽　虚蟬毛　嬬乎相挌良思吉

【反歌】

高山与　耳梨山与　相之時　立見尓来之　伊奈美国波良

▼用語解説

（本歌）

高山波《たかやまは》……高い山並み。

雲根火雄男志等《うねびおほしと》……「雲根」は雲が起こる高山のふもと。「火雄男志」は火のような雄々しい男の志。

耳梨与《みみなしと》……耳なりになった梨の実。

相諍競伎《あひあらそひき》……みんなが競い合い、前向きに意見を出し合って言い争いをしてきたこと。

神代従《かみよより》……神代からずっと。

如此尓有良之《かくにあるらし》……「如此尓《かくに》」は「このように」、「有良之《あるらし》」は、肯定的な意味で「そうだったであろう」。

古昔母《いにしへも》……そのまま「古い昔も」ですが、「も」に母の字を当てることで「母なる古い昔」という語感をもたせる。

然尓有許曽《しかにあれこそ》……かさねがさね神に祈ってきたこと。

虚蟬《うつせみ》……現世のこと。

嬬乎相挌 良 思吉《つまをあいかくよきとおもほす》……これを「嬬乎《つまを》」でいったん切って、「相挌」を「あいあらそふ」と読み、「良思吉《らしき》」と結ぶと、文字数が三、六、三となり、七五調から外れます。ここは「嬬乎相挌《つまをあいかき》、良 思吉《よきとおもほす》」と七七で読むべきと思われます。意味は本文参照。

（反歌）

高山与耳梨山与《たかやまとみみなしやまと》……耳なりに果実の恵みを与えてくれる高い山。

相之時《あひしとき》……あうとき。

立見尓来之《たちみにきたる》……立って見るために来た。

伊奈美国波良《いなみくにはら》……伊奈美《いなみ》を地名の印南《いなみ》とすると、和歌山県日高郡印南町か、千葉県佐倉市印《いん》南《なん》、あるいは兵庫県印南郡になってしまいます。大和三山のある大和盆地に「いなみ」はありません。ここは「長がおさめる作物の豊富な国」を意味します。

すべてに公平なご存在

大君は神にしませば天雲の　雷の上に廬せるかも（柿本人麻呂）

柿本人麻呂《かきのもとのひとまろ》は万葉集に少なくとも八十首以上の歌を残している歌人です。持統《じとう》天皇の時代から元正《げんしょう》天皇の時代まで活躍し、勅撰《ちょくせん》二十一代集には二六〇首もの歌が採用になっています。古《いにし》へより「和歌の神」として尊敬を集め、大伴家持《おおとものやかもち》は歌道の門を「山柿之門」と称《しょう》したし、紀貫之《きのつらゆき》は古今集仮名序で人麻呂のことを「うたのひじり」と呼んでいるほどです。そしてその人麻呂が、万葉集巻三の最初の歌を飾っています。

【天皇が雷岳《かみおか》で御遊ばされたときに柿本人麻呂が詠んだ歌】

✿天皇御遊雷岳之時柿本朝臣人麻呂作歌一首

光彩《こうさい》を放つ王のなかの王《皇》にして、
みんなの中心にあって、すべてに公平な
ご存在であられる大君《天皇》は
天地四方の中心に座《おわ》す神であり
天の雲の
神霊が宿る場所の上で
よどみなく万世《ばんせい》にわたる治世を行われます

皇者
神二四座者
天雲之
雷之上尓
廬為流暢

すめらきは
かみにしまさば
あまくもの
かみなびのへに
いほなしのびる

【補記】
右ある本に曰《いは》く、忍壁皇子《おさかべのみこ》に献《たてまつ》れるなりといふ。その歌に曰く
「大君は神にしませば　雲隠る雷山《いかづちやま》に　宮敷《みやし》きいます」

◎歌の意味　本当はこう読み解ける！

【天皇が雷岳《かみおか》で御遊ばされたときに柿本人麻呂が詠んだ歌】

光彩を放つ王のなかの王《皇》にして、みんなの中心にあって、すべてに公平なご存在であられる大君《天皇》は、天地四方の中心に座《おわ》す神であり、天の雲の神霊が宿る場所の上でよどみなく万世にわたる治世を行われます。

【補記】

この歌はある本には忍壁皇子に献上《けんじょう》した歌とあります。その歌には、天皇は神でいらっしゃるから、神霊が宿る禁裏《きんり》においでになるのですと書かれています。

この歌には不思議なところがあって、題詞《ひたいのことば》に「天皇が雷岳《かみおか》で御遊《おんあそ》ばされたときに柿本人麻呂が詠んだ歌」と書かれているのですが、それがどの天皇のいつの御遊びのときのことなのか特定がありません。これはこの歌が特定の天皇に捧《ささ》げることを目的とした歌ではないことを意味します。なぜなら特定の天皇に捧げた歌で、ここまで賞賛《しょうさん》する歌を詠めば、それはただのゴマすりになります。そうではなくて、わが国における天皇というご存在そのものへの讃歌《さんか》ならば、この歌は事実を述べていることになります。そうであれば【補記】で「この歌がある本には忍壁皇子に献上した歌」であり、「天皇は神でいらっしゃるから、雲隠る雷山に御殿をいとなんでおいでになる」と付記したことも説明がつきます。なぜなら、どこまでも形而上学的《けいじじょうがくてき》に天皇というご存在を捉《とら》えようとした歌であることを強調したことになるからです。

◎よどみなく万世にわたる皇《すめらき》の治世

初句の「皇《すめらき》」は、多くの注釈書がこれを「おほきみ《大君》」と読み下していますが賛成できません。それならば「大君」あるいは「大皇」と書くこともできたはずだからです。わざわざ一文字で「皇」と書いているのですから、むしろここは「すめらき」と読むべきであろうと思います。

「皇」という漢字の意味は、光彩を放つ、王のなかの大王を意味しているのですが、我々の祖先は、この字に「すめら」という大和言葉を当てたわけです。大和言葉は一字一音一義ですが、その一音ごとの意味を、訓読み一字で探《さぐ》ると、次の意味があることがわかります。

「す」……訓読みで「す」を持つ漢字には、州、栖、巣、捿、酢、棲、簾などがあります。これらの漢字に共通しているのは、酢を除けば、おおむね一定の場所を意味しています。

「め」……訓読みで「め」を持つ漢字は女、目、芽などです。これらは見える範囲や中心などを意味しているようです。

「ら」……訓読みで「ら」を持つ漢字は等だけです。ひとしいことです。

以上から大和言葉の「すめら」の意味を推測すると、

「すめら」＝みんなの中心にあって、すべてに公平であること、となります。

したがって「皇者」は、漢字の意味と大和言葉の意味の両方が重なり、「光彩を放つ王のなかの王（皇）にして、みんなの中心にあって、すべてに公平《こうへい》なご存在であられる大君《天皇》は」という意味になります。

公平というのは、平等と異なります。

四人兄弟にケーキを等しく四等分するのが平等なら、体の大きなお兄ちゃんにすこし多めにケーキを切るのが公平です。公平は裁量《さいりょう》がはいるのです。裁量の結果をみんなに納得《なっとく》してもらうためには、客観的に公正というだけでなく、分配する側に、「この人が言うことなら黙って従《したが》おう」と思わせるだけの権威が必要です。このことを歌では、すめらきが「神にしまさば」と表現しています。

ここは原文では「神二四座者」となっていて、「にし」を「二四」と書いています。二は天地、四は東西南北の四方を意味します。これを合わせると六方《ろっぽう》です。つまり「神《かみ》二四座《にします》」は、ただ神様ですと述べているだけではなくて、「天地四方の中心に座《おわ》す神様」という意味が重ねられているわけです。天皇が、まさに国家における最高権威であることを、このように述べているわけです。

その天皇が、天空の雲の雷《いかづち》の上におわして、そこに皇居としての「廬《いほり》」を置き、なめらかでよどみなく、万世にわたって、つまり「流暢《りゅうちょう》」に治世《ちせい》が行われるというのが、本歌の意味になります。

◇人麻呂の歌は古代朝鮮語では読み解けない

古来、柿本人麻呂《かきのもとのひとまろ》は和歌の神様として尊敬を集めてきた人ですが、その人麻呂の歌について考えるとき、ひとつどうしても申し上げておかなければならないことがあります。それはかつての一時期、人麻呂の歌が「古代朝鮮語」で読み解けるとする説が流布《るふ》したことです。どのようなものかというと、簡単にまとめると人麻呂が詠んだ歌が、実は「今日も皇族の子弟たちがナニワの方に暴力で女性たちをかどわかしに行っている、まことに嘆《なげ》かわしいことだ」と、主として皇族たちの日本人に対する暴虐行為《ぼうぎゃくこうい》を嘆いて詠まれている歌の数々であると解釈したものです。いまではすでに完全否定されているにもかかわらず、いまだにその説を述べる人がいるようですので、三点だけあげて反論しておきます。

(1) 古代朝鮮語というけれど、それがどのような言語であったのかを示す証拠はない。

むしろ古代においては、朝鮮半島南部は日本の直轄領と、日本への朝貢国であった百済《くだら》と新羅《しらぎ》があったわけで、言語も日本語であったとみられています。つまり古代朝鮮語なるもの自体が創作でしかありません。

(2) 人麻呂のポジションを誤認《ごにん》している。

人麻呂が出世できたのは持統天皇の引き立てによります。わが国を統一国家にしていく過程で、人麻呂のように漢字の意味と大和言葉の意味を重層的《じゅうそうてき》に扱《あつか》うことができ、それを格調《かくちょう》高い文学にまで引き上げることができる才能

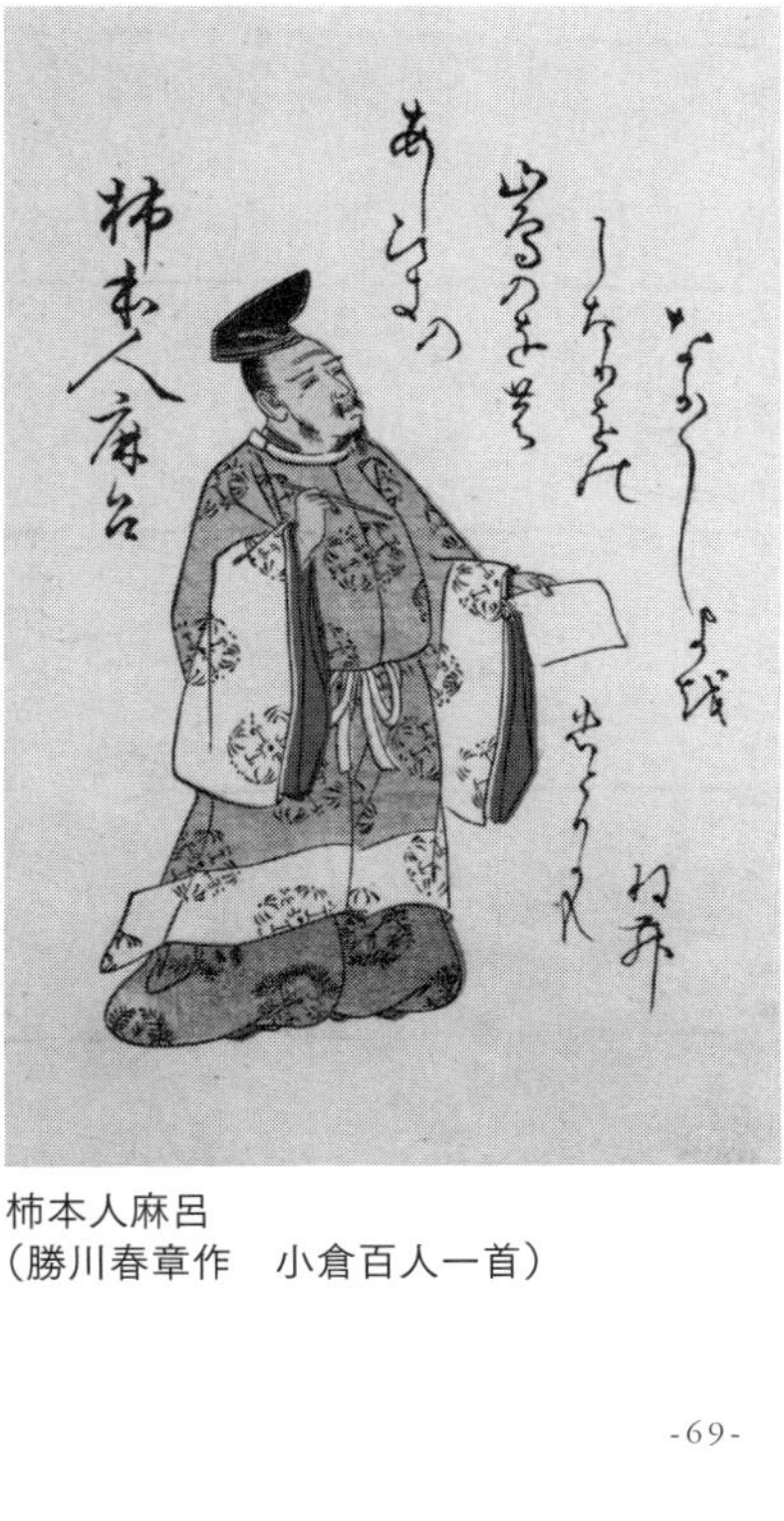

柿本人麻呂
（勝川春章作　小倉百人一首）

ある人材は、この時代に必要な存在でした。だからこそ持統天皇は人麻呂を重用《ちょうよう》されたのです。その人麻呂が朝廷や皇族を否定するような歌を読むとは考えにくいことです。

(3) 漢字の意味を誤解《ごかい》している。

朝鮮語で用いるにせよ日本語で用いるにせよ、漢字そのものが持つ会意《かいい》象形《しょうけい》性は、否定できません。そもそも漢字は、異《こと》なる言語の人との間で意思の疎通《そつう》ができるという特徴から、広く東洋社会全般で用いられるようになった文字です。その文字の意味が、朝鮮半島でだけ、まったく異なる意味を持つ文字として扱《あつか》われたというのは、あまりにも奇妙な議論といわざるをえません。

というわけで、人麻呂の歌が古代朝鮮語で読めるとか、世情《せじょう》に対する批判的な歌に読めるという説は、論考にさえ値しない俗説《ぞくせつ》以下のものであると断じたいと思います。

▼原文

【天皇御遊雷岳之時柿本朝臣人麻呂作歌一首】

皇者　神二四座者　天雲之　雷之上尓　盧為流鴨

【補記】右或本云獻忍壁皇子也　其歌曰

王　神座者　雲隠　伊加土山尓　宮敷座

▼用語解説

神《かみ》二《に》四《し》座《ま》者《さば》……神でいらっしゃるならば。「二四」は天地および四方だから、「天地四方の中心に座《おわ》す神様」という意味。

天雲之《あまくもの》……天の雲

雷之上尓《かむなびのへに》……一般に「いかづちのうへに」と読み下すが、これでは八文字になってしまいます。歌の意味からも、ここは「いかづち」ではなく「かむなび」で、「かむなび」は神霊が宿る場所のことですから、その上に、ということで、「神霊が宿る場所の上に」と訳すべきと思います。

廬為流暢《いほなしのびる》……「暢《る》」を「かも」と読むものがあるが、この字は鳥類の「鴨《かも》」ではなく「暢」です。ここで鳥のカモを登場させる理由はありません。大和言葉の「かも」は詠嘆《えいたん》を示しますが、それですと住まいを意味する「廬《いほり》」との関係が説明できません。「暢」は「流」と組み合わされば「流暢《りゅうちょう》」で、これは「なめらかでよどみがない」という意味です。したがって、神の領域におわす天皇によって、よどみなく万世にわたる治世が行われるということを言い表していると解すべきと思います。

第一章　天皇という奇跡を持つ日本

コラム　皇統とは「身《み》」の血統ではなく「霊《ひ》」の霊統

女性が天皇になることはありますが、なぜ男系であることが重視されてきたのかには理由があります。それは、わが国では古代から「人の肉体（身《み》）には霊《ひ》が宿る」とされてきたことによります。別な言い方をすると「肉体には必ず魂が宿る」のです。このことを前提として、子を産むことができるのは女性だけです。つまり女性の「身《み》」が、赤ちゃんを産みます。その赤ちゃんに「霊《ひ》」を授けるのが男性の役目です。

すこしきわどい言い方になりますが、古代の考え方ですのでご容赦《ようしゃ》ください。男性は「たま」で「魂《たま》」を作ります。その「魂《たま》」を女性の胎内《たいない》に挿《さ》し入れることで、女性のお腹の赤ちゃんは魂《たま》を授《さず》かります。皇統は、わが国最高神の天照大御神《あまてらすおほみかみ》から続く御神霊の流れです。それが天皇が国家最高権威とされる最大の要素です。ですから皇統というのは、「身」の血統《けっとう》ではなくて、霊《ひ》の霊統《れいとう》です。そして霊《ひ》は男性が授けるものですから、男系であることが天照大御神からの霊統を保持する最大の要素になります。皇位を継ぐ人が女性であっても構いません。なぜなら女性の身で生まれてきたとしても、男系の父から霊《ひ》を受け継いでいれば良いからです。これが女性天皇が歴史上に存在する理由です。

ところがその女性が、他の家系の男性と結婚して子が生まれると、その子は天照大御神からの霊統ではなく、別な霊統の霊《ひ》を授《さず》かったことになります。つまり、天照大御神からの霊統が途切れます。これが女系天皇で、歴史上、わが国に女系天皇が誕生したことは一度もありません。近年ではこのことの正しさが、Y遺伝子の継続ということから理論的にも証明されるようになりましたが、古代の人たちはY遺伝子などわからなくても、それに代わる知恵と論理の構成をちゃんと持っていたのです。

そしてこのことが理由となって、何ごとも霊《ひ》が上、身《み》が下と考えられるようになりました。神社で参拝するときには、二礼二拍一礼をしますが、この二拍のとき、両手を合わせたあとに、右手を左手の第一関節まで少しだけ下げてから二拍手します。つまり「霊《ひ》＝左」を上にするわけです。なぜなら参拝は自分の魂《たましい》である霊

《ひ》と、そもそも霊体である神様との対話だからです。対話するのは自分の霊《ひ》であって身《み》ではありませんから、身《み＝右手》をすこし引くのです。同様に玉《たま》串奉納《ぐしほうのう》のときも、榊《さかき》を捧《ささ》げるときに左手を前に出します。これもまた霊《ひ》による神様との対話を意味しています。朝廷には左大臣と右大臣がいますが、左大臣が霊《ひ》ですから上位です。座る席は、天皇から見て左側に左大臣が座ります。下座から見上げると向かって右側に左大臣が座ることになります。

男系天皇論者の中に、Y遺伝子の継続を仰《おっしゃ》られる方がおいでになりますが、千年前にはまだ遺伝子は発見されていません。そういうことではなく、どこまでも天照大御神から続く霊《ひ》の流れである霊統を大切に保持してきたのが、わが国の古くからの伝統です。

ちなみにこの仕組ですと、女性であれば、身分の上下や出自を問わず、誰でも天皇の妻になり、その日から皇族の一員となれることを意味します。一方、男性は霊統がなければ皇族になることは絶対にできません。つまりこの仕組は、女性を人として対等な存在であるとする伝統がなければ、絶対に実現することのない、ある意味、世界最古の男女平等、もしくは女性の安定的な人としての地位を公式に定めた仕組みということができます。わが国では、女性は古来、大切な存在とされてきたのです。

第二章

日本人の深い愛とは

全身全霊を込めて夫を愛した皇后陛下

君が行き日長くなりぬ山尋ね　迎へか行かむ待ちにか待たむ（磐媛皇后）

前の章まで、これまで恋の歌だとされてきた歌が、実は恋の歌ではなかったのだという解説をさせていただきましたが、万葉の和歌が男女の愛をすべて否定しているわけではありません。この世でもっとも近くて遠くてせつなくて悩ましいのは、やはり男と女です。そんな歌を四首連続でご紹介したいと思います。

歌を詠んだ磐媛皇后《いわひめのおほきさき》は、仁徳天皇《にんとくてんのう》の皇后です。四首の歌は一般にはそれぞれ「あの御方を待っていようかどうしようかしら」

「こんなに恋い焦《こ》がれるくらいならいっそ死んでしまいたいわ」

「いつまでも貴方《あなた》をお待ちしていますね」

「私の恋は消えることはあるのだろうか。いいえ、決して消えることなどありません」

という、たいへんに強いお気持ちが詠まれています。

【磐媛皇后《いわひめのおほきさき》の夫を愛する歌四首】

きみがゆき　　　　貴方が行ってしまわれてから
けながくなれど　　気を長くして時のしもべとなっています
やまたづね　　　　都から多くの山を越えて
むかへかゆかむ　　貴方を迎えに行こうかしら
まちにかまたむ　　それともお待ちしていようかしら

君之行
気長成奴
山多都禰
迎加将行
待尓可将待

【補記】 右の歌は山上憶良の『類聚歌林《るいじゅかりん》』にも掲載されています。

如此許
恋乍不有者
高山之
磐根四巻手
死奈麻死者乎

在管裳
君乎者将待
打靡
吾黒髪尓
霜乃置万代日

かくばかり
こひつあらずは
たかやまの
いはねしまきて
しなましものを

ありつつも
きみをはまたむ
うちなびく
わがくろかみに
しものおくまで

こんなにも
恋しすぎるくらいなら
高い山の
岩に四重に縄をかけて
命を神に捧げて死んでしまいたい

管弦楽も宮中女官たちも私もここで
あなたを待っています
なびいている
私の黒髪が
何十年も経て白髪になる日までも

秋田之
穂上尓霧相
朝霞
何時辺乃方二
我恋将息

あきのたの　秋の田の
ほかみにきりの　穂の上に霧《きり》を見ました
あさかすみ　それは朝霞《あさかすみ》の中に
いづこのかたに　ぼんやり霞んでいてよく見えませんでした
あがこひやまむ　私の恋心もいつ尽《つ》きるのか見えません

◇歌の意味　本当はこう読み解ける！

【磐媛皇后《いわひめのおほきさき》の夫を愛する歌四首】

「貴方が行ってしまわれてから、私は愛する貴方のしもべとなって、そして待っている時間のしもべとなっています。都からたくさんの山を越えて貴方をお迎えに行こうかしら。それとも美しい花のように綺麗《きれい》に装《よそお》って貴方をお待ちしようかしら」

【補記】右の歌は山上憶良の『類聚歌林』にも掲載されています。

「こんなに悶々とするほど恋しすぎるくらいなら、高いお山にある岩に四重に縄をかけて、我が身を神への捧《ささ》げものとして麻《あさ》ひもで首を吊《つ》って死んでしまいたいくらいです。それほどまでに私は私の命より貴方を愛しているのですわ」

「屋敷にいる女官たちや管弦楽団員たちも、あなたを歓迎するために、みんな仕度《したく》をしてお待ちしています。美しくなびいている私の黒髪が何十年も経て白髪《しらが》になる日までも、ずっとずっとあなたをお待ちしています」

「秋の田の穂《ほ》の上に霧《きり》を見ました。それは朝霞《あさがすみ》の中にぼんやりと霞《かす》んでいました。私の恋心はいつやむのか。その先はぼんやり霞んで、まったく見えませんわ」

◎一途な女性の愛は皇族であるという血筋にさえまさる

なんと情熱的で一途《いちず》な歌なのでしょう。昔の少女漫画にあった白馬《はくば》に乗った王子様とプリンセスの愛の会話も真っ青になるほどの愛の歌です。わが国にもこれだけの愛の語らいがあったのです。そしてこの四首が、万葉集巻二の冒頭の四首です。

古来、日本人は何に対しても一途《いちず》な心であることを愛します。男女の愛でもそうですし、仕事への愛も同じです。そしてそれは民衆への愛にも通じます。

この歌を詠んだ磐媛皇后《いわひめのおほきさき》は仁徳《にんとく》天皇の四人いた妻のうちのひとりです。天皇の権威は、天照大御神からの直系の血筋であることに由来し、できるだけその血を濃《こ》いものに保《たも》つ必要がありますから、天皇の妻とその子の身分は妻の出自で決まります。天皇からの男系の血筋を持つ女性とその子がもっとも位《くらい》が高く、次いで皇族女子、三番目が天皇と縁続きの中央の臣下、四番目がそれ以外の豪族などの娘とその子です。そして皇族の出身の女性《内親王》のみが皇后または妃《ひ》となることができるということがしきたりです。臣籍《しんせき》からの夫人は、夫人、嬪《ひん》と呼ばれ、皇后になることは決してできないし、天皇との間に子が生まれても、その子は天皇になることはできないとされていました。

こうした伝統《しきたり》のなかにあって、磐媛《いわひめ》は、武内宿禰《たけのうちすくね》の孫にあたる女性、つまり臣籍の出の女性でありながら皇后になられた初の女性です。そして夫の仁徳天皇との間にできた四人の男子のうち、三人を天皇の地位につけています。それだけに磐媛には、言い知れぬご苦労があったのでしょう。記紀《きき》は「夫である仁徳天皇の御寵愛《ごちょうあい》を一身に集めているのは、磐媛皇后が嫉妬《しっと》深くて他の女性を天皇に近づけさせないためだ」などとまで書いています。

しかし大切なことは他にあります。

先にご紹介した四首の歌にあるように、磐媛皇后は、まさに全身全霊《ぜんしんぜんれい》を込めて夫の仁徳天皇を愛したのです。そしてこのことは、わが国が、そんな「女性の一途な愛は、皇族であるという血筋にさえまさる」としてきた国柄《くにがら》であることを、この四首は見事に象徴しています。

◎全力で自分を愛してくれる妻の心をしっかりと受け止めた偉大な天皇

磐媛皇后の四人の男子は、反乱を起こした次男の住吉仲皇子《すみよしのなかのみこ》を除き、長男が履中《りちゅう》天皇、三男が反正《はんぜい》天皇、四男が允恭《いんぎょう》天皇です。その允恭天皇の子に軽大娘皇女《かるのおほいらつめのひめみこ》がいます。別名が衣通姫《そとをりひめ》です。美しさが衣《ころも》の外にまで光彩《こうさい》を放《はな》ったとまで形容された美しい女性で、本朝三代美女のひとりに数えられています。孫娘は祖母に似るといいますから、磐媛皇后もさぞかしお美しい女性であられたことでしょう。しかしそれ以上に一途に夫の仁徳天皇を、まさに全身全霊を込めて愛し続けた。そのことがこの四首の歌の中に、あふれるほどに詠み込まれています。その愛こそが、伝統さえも打ち破ったのです。

夫の仁徳天皇は、わが国の施政《しせい》の根本を教えてくださった偉大な天皇です。有名なお話としては、先に述べました「民のかまどは賑《にぎわ》いにけり」の物語がありますが、三年経って天皇が三国峠の高台に出られて炊煙が盛んに立つのをご覧になり、かたわらの皇后に、「朕はすでに富んだ。嬉ばしいことだ」とおっしゃられたという、そのときの皇后が磐媛皇后です。その仁徳天皇はまた、難波《なにわ》の堀江の開削《かいさく》、茨田堤《まんだのつつみ》の築造《大阪府寝屋川市付近における日本最初の大規模土木事業》、山背の栗隈県《くるくまのあがた》《京都府城陽市西北~久世郡久御山町》での灌漑《かんがい》用水の造営、茨田屯倉《まむたのみやけ》設立、和珥池《わにのいけ》《奈良市》、横野堤《よこののつつみ》《大阪市生野区》の築造、灌漑用水としての感玖大溝《こむくのおおみぞ》《大阪府南河内郡河南町辺り》の掘削《くっさく》による広大な田地の開拓など、たいへんな土木工事を行われた天皇です。いま堺市のあたりは広大な平野が広がっていますが、その半分は仁徳天皇の時代に開墾《かいこん》されて田となったところです。ですからそこに仁徳天皇の御陵《みささぎ》があります。

広大な土地の開墾や水路事業は、すべて国民が飢《う》えないように、国民みんなが腹一杯飯が食えて、元気に生きていくことができるようにとの願いから行われたものです。それは仁徳天皇の、まさに全知全霊を込めた民衆への愛です。そしてそのような深い愛を持つ夫を、これまた全身全霊で愛し続けた女性。それが磐媛皇后であられたのです。

▼**原文**

【磐姫皇后思天皇御作歌四首】

君之行　気長成奴　山多都禰　迎加将行　待爾可将待

【補記】右一首歌山上憶良臣類聚歌林載焉

如此許　恋乍不有者　高山之　磐根四巻手　死奈麻死者乎
在管裳　君乎者将待　打靡　吾黒髪尓　霜乃置万代日
秋田之　穂上尓霧相　朝霞　何時辺乃方二　我恋将息

▼用語解説

気長《けなが》成奴《くなれど》……気を長くして《気長》のあとに「成奴《なれど》」と表現しているのですが、「奴」は大和言葉では「やっこ」で、家臣を意味して用いられます。そこから「愛する貴方のしもべとなって」あるいは、「待《ま》っている時間のしもべとなって」といった意味が重ねられます。「けながくなれど」を「日《け》が長くなれど」と訳しているものがありますが、あまり賛成できません。歌の意味からしても、気を長くして待っているわけで、日が長くなったわけではないからです。

山多都禰《やまたづね》……「山多」で京の都《みやこ》からたくさんの山を越えて。

待尓可将待《まちにかまたむ》……「尓」の旧字は「爾」で、これは美しく咲いた大輪の花を意味します。「待尓」は単に「尓」を助詞の「に」として用いたというだけでなく、「美しい花のように綺麗《きれい》に装《よそお》って貴方を待ちますわ」といった意味を重ね、これによって、やわらかであたたかみのある女心を感じさせています。

恋乍不有者《こひつつあらずは》……「恋」の旧字は「戀」で、糸がもつれてからまるように心が乱れるさま。その恋心を、さらに「～あらずは《不有者》」と乱れる恋心を否定することで、いっそう悶々とした、せつない想《おも》いを表しています。

高山之磐根四巻手《たかやまのいはねしまきて》……高い山に有る岩の根本《ねもと》を四重に、つまり厳重に手で巻いて。

死奈麻死者乎《しなましものを》……岩に縄を巻きつけて死ぬというのですから、縊首《いしゅ》して死んでしまった方がまし、といった意味。「奈」は木の根元で神にいけにえとして身を捧《ささ》げる字、麻は麻ひもの麻。「死」という字を二度出すのは強調で「死にたい、死にたい」と繰り返しています。裏返しにいえば、自分の命よりも貴方を愛していますということになります。

在管裳《ありつつも》……「管」は笛のことで、「裳」は宮中に仕える女性が腰から後ろに長く垂らした官衣を表します。自分ひとりで待っているというのではなく「屋敷にいる女官たちや管弦楽団員たちも、あなたを歓迎するために、みんな仕度《したく》をしてお待ちしています」という意味を込めています。
君乎者将待《きみをばまたむ》……貴方を将《まさ》に待つ。
打靡《うちなびく》……靡はなびくこと、打は「する」で、「なびいている様子」を示します。
霜乃置万代日《しものおくまで》……直前に黒髪があるので、美しい黒髪が白髪となる日まで。「万代日」は「万代の日」で、何十年か経過した日という意味。
穂上尓霧相《ほかみにきりの》……一般に「穂の上《へ》に霧《き》らふ」とも読み下しますが、「相」は大地をおおう木を目で見ることの象形です。単に「稲穂の上に霧がかかっている」という様子ではなく、その様子を見ている磐媛がいます。
我恋将息《あがこひやまむ》……「息」は、終息といった使い方があるように、終わるとか尽きるといった意味。

【補記】について

この歌は実は古事記にまったく同じ歌が掲載されていて、万葉集は第十六代仁徳天皇の皇后の磐媛皇后《いわのひめのおほきさき》の歌としているのですが、古事記では第十九代允恭《いんぎょう》天皇の子の軽《かるの》大娘皇女《おほのいらつめのひめみこ》の歌として掲載されていることが山上憶良《やまのうえのおくら》の『類聚歌林《るいじゅかりん》』にかかれていると補記で紹介しています。そこで古事記の方の原文と読みを示します。

【古事記にある軽大娘皇女《かるのおほのいらつめのひめみこ》の歌】

岐美賀由岐　きみがゆき
気那賀久那理奴　けながくなれど
夜麻多豆能　やまたづの
牟加閇袁由加牟　むかへをゆかむ
麻都爾波麻多士　まつにはまたし

古事記の方は完全に漢字を仮名《かな》として用いていますが、微妙に表現が異なるのは、もしかすると軽大娘皇女は祖母にあたる磐媛皇后の歌を引用されたからかもしれません。歌の意味はどちらも同じですが、万葉集の磐媛皇后の歌は漢字をただ仮名として用いるのではないところから、すこし歌に深みがありそうです。

第二章　日本人の深い愛とは

どこまでも国の平穏を願う

磐代の浜松が枝を引き結び　ま幸くあらばまた帰り見む（有間皇子）

この歌は万葉集の中で「挽歌《ばんか》」に分類されています。挽歌は雑歌《ぞうか》・相聞《そうもん》とともに万葉集の歌の三大分類のひとつです。挽歌はのちの哀傷歌《あいしょうか》にあたり、人の死を悼《いた》んだり葬送の際に詠まれた歌です。

有間皇子《ありまのみこ》が生きた時代は、中大兄皇子《なかのおほえのみこ》が、唐に攻め込まれない日本になるため、かなり強引な改革を進めています。改革は、もちろん良くなることを前提に行われるのですが、改革によって利益を得る者もいれば、いままでの立場を失う者も出ます。そして失う側の人たちは、中大兄皇子に対する対抗馬となりうるお血筋である有間皇子を次期天皇に担《かつ》ごうとします。成功すれば反中大兄皇子派の人たちは、中大兄皇子らを粛清《しゅくせい》して、自分たちの時代を築くことができると考えたわけです。けれども内外の情勢は、そのような内紛をしていられるような時期ではない。そこで有間皇子は、自分が担《かつ》がれないように、気がふれた様子を装《よそお》います。

一方、中大兄皇子によって蘇我《そが》氏の惣領《そうりょう》の入鹿《いるか》を乙巳《おっし》の変で殺された蘇

乙巳の変　住吉如慶・具慶作。左上は皇極天皇。
（談山神社所蔵『多武峯縁起絵巻』奈良県桜井市）

我氏系列の豪族の蘇我赤兄《そがのあかえ》は、なんとかしてこの混乱を利用して、一族の地位向上を図ろうとします。そして天皇および朝廷の高官たちが牟婁《むろ》温泉に湯治《とうじ》に行幸されている間に有間皇子に近づき、「自分は有間皇子の味方である。天皇と中大兄皇子を行幸先で急襲しよう」ともちかけます。もちかけられても有間皇子は気がふれた風を装っているわけですから、態度は曖昧《あいまい》、つまり賛成反対どちらの意思表明ともとれるわけです。赤兄は有間皇子と面談後すぐに中大兄皇子のもとに行き、「有間皇子謀反《むほん》」と密告します。これによって有間皇子は即刻逮捕され、行幸《ぎょうこう》先の紀伊の牟婁《むろ》温泉に取り調べのため護《ご》送《そう》されることになるわけです。

この歌はその護送途中の和歌山県日高郡みなべ町の海岸で食事休憩となったときに詠んだ歌です。取り調べによって得られる結果は二つ。ひとつは有間皇子に謀反《むほん》の心がないことが立証されて、蘇我赤兄らが処罰される。もうひとつは有間皇子ひとりが処罰され、蘇我氏が安泰となる。

では歌を読んでみましょう。

【有間皇子《ありまのみこ》がご自分で悲しまれながら松の枝を結んだ歌二首】

磐白乃
浜松之枝乎
引結
真幸有者
亦還見武

いはしろの
はままつのえを
ひきむすび
まさきくあれば
またかへりみむ

和歌山県日高郡みなべ町の岩代で
浜にあった松の木の枝を
引いて結ぶおまじないをしました
運が幸いしたならば
この松の木のもとにまた来よう

家有者
笥尓盛飯乎
草枕
旅尓之有者
椎之葉尓盛

けにあれば
けにもるいひを
くさまくら
たびにしあらば
しいのはにもる

まだ判決が未確定なのですから
四角い法定で述べる言い分を
まだ判決が出ていない
旅の途中のいま
思いのままに意見を述べよう

◇歌の意味　本当はこう読み解ける！

【有間皇子《ありまのみこ》がご自分で悲しまれながら松の枝を結んだ歌二首】

護送される途中、和歌山県日高郡みなべ町の海岸沿いの岩代《いわしろ》というところで、浜にあった松の木の枝を結びました。思いが通じるというおまじないです。運が幸いして訊問《じんもん》を見事にかわすことができたなら、きっとこの松の木のもとにまた来ようと思います。

家にいたなら食器に盛《も》る飯《いひ》を、草を枕《まくら》に寝る旅の途中なので椎《しい》の葉に盛りつけています。まだまだ評定《ひょうじょう》が定《さだ》まったわけではないのだから、四角い法定で述べる言い分を、旅の途中のいま、思いのままに考えてみよう。

◇有間皇子はなぜなにも語らなかったのか

この二つの歌は、一般に「悲嘆に暮れる有間皇子が、これから処刑される哀《かな》しみを詠《よ》んだ」とされています。しかし万葉集はこの歌を「挽歌《ばんか》」に分類しています。「挽歌」は誰かの死を悼《いた》む歌ですから、悪人として処刑されたはずの有間皇子に、万葉集は同情を寄せていることになります。なぜなのでしょうか。

はじめの歌は「おまじないまでして必ずこの松の木のもとに帰ってこよう」という歌です。次の歌は「自分なりに充分に事実関係の言い分を述べて最後まで前向きに戦おう」という決意を込めた歌といえます。ところが日本書紀によれば、有間皇子は中大兄皇子の

「何故謀反《なにゆえ謀反を起こしたのか》」

という質問に、たったひとこと、

「天与赤兄知、吾全不解《天と蘇我赤兄が知っている。私は全容を知らない》」と答え

ただけでした。そしてそれ以外のことを一切《いっさい》語らずに、従容《しょうよう》として処刑されています。つまり有間皇子は、枝を結んだ松の木のもとに戻ることはなかったのです。歌では「また戻ってくるよ」「ちゃんと答弁するよ」と詠《よ》んでいた有間皇子は、ではどうして、なにも語らずに処刑を受けられたのでしょうか。

この時代は唐という軍事大国が虎視眈々《こしたんたん》とわが国を狙《ねら》っていた時代です。その力は強大です。これに抗《こう》するためには、なにが何でもわが国を統一国家にしていかなければならない。防衛網も整備しなければならない。

その一方で、強引な改革には異論反論も続出するという難しい政局の時代です。反対派の人たちは、皇位継承権のある有間皇子を担《かつ》ごうとすることでしょう。けれど国論を分裂させることは、結果として国のためになりません。ですから有間皇子は暗愚《あんぐ》になったフリまでして、自分が皇位継承者に担ぎ出されて政争の具《ぐ》にされないようにしていました。

国を護《まも》るために暗愚になったフリをするというのは、スケールは違いますが、後年、徳川幕府に睨《にら》まれないように、わざと鼻毛を伸ばして暗愚を装った加賀藩の二代目藩主の前田利常がいます。

◇無私から生まれる愛の心

ところがそうまでしても有間皇子は、その血筋ゆえに政治利用されてしまうわけです。利用された以上、責任は上に立つ者、つまり有間皇子にあります。蘇我赤兄のせいにはできないのです。ですから有間皇子は他人に嵌《は》められた濡《ぬ》れ衣《ぎぬ》であっても、利用された不徳を恥じて、一切の釈明をしないまま、処刑を受け入れられました。そもそも臣下とは、出世のためにそういう裏切りや欺罔《ぎもう》、欺瞞《ぎまん》をするものであって、人の上に立つ者はいちいちそれを恨《うら》んではいけない。それが人の上に立つ者の在《あ》り方であり、皇族の在り方であり、人としての在り方なのだという、これは生まれたときから人の上に立つように定められた人の無私《むし》の心です。

真実を述べることは、蘇我赤兄以下、多くの人々を罪に落とすことになります。唐の脅威に抗するための大切な一族とその兵力と、自分ひとつの命と、どちらを採《と》るべきか、つまり公《おおやけ》と私と、どちらを優先すべきかという問いなのです。

誰だって生きていたいし、理不尽な濡《ぬ》れ衣《ぎぬ》なら、なおさら生きることを選択したいものだけれど、国の利益を考え、自分がどうあるべきかを考えるときの結論は違《ちが》います。生きたいという渇望《かつぼう》と、無私《むし》の心で罪を受け入れるという葛藤《かっとう》の中で、おそらく有間皇子は、ひとつの命として「生きたい」という渇望を、この二首の歌に託《たく》したのです。そして託することで、心に踏《ふ》ん切りをつけた有間皇子は、裁《さば》きの場では、言い訳をしないで、ただ「天と赤兄が知っている」とだけ述べて刑死の道を選ばれたのです。それは有間皇子の、どこまでも国の平穏を想う心のなせる選択です。これが日本の皇族の無私から生まれる愛の心です。

▼原文

【有間皇子自傷結松枝歌二首】

磐白乃　浜松之枝乎　引結　真幸有者　亦還見武

家有者　笥尓盛飯乎　草枕　旅尓之有者　椎之葉尓盛

▼用語解説

磐白《いはしろ》乃《の》……和歌山県日高郡みなべ町のあたりの地名。

浜松《はままつ》之《の》枝《え》……浜にある松の木の枝。

引結《ひきむすひ》……「木《き》の枝《え》」は「気《き》の恵《え》」に通じることから、その木の枝（気の恵《え》）を紐などで結ぶことで、気持ちを通じさせようとする古代からの「おまじない」。

真幸《まさきく》有《あれば》……幸運が訪れたならば、運が幸いすれば。

亦還見《またかへりみ》武《む》……「武」は戈《ほこ》を止《と》める行動で、「む」は「〜だろう」という推量や「〜するつもりだ」という意思。そこから「みむ（見武）」には、次の三つの意味が重ねられます。

1　訊問を見事にかわして、訊問者の矛先を止める（行動）

2　生きてまた見ることだろう（推量）

3　もう一度見に来よう（意思）

家有者《けにあれば》……「いえにあれば」と読むと初句が六文字になるため、ここは「家」を「け」と読むべきと思います。「家」は屋根の下にイノシシなどの生贄《いけにえ》を捧げる神聖な場所を意味する字で、そこから「身を犠牲にして神に捧げよう」という意思表示の意味が込められます。

笥尓盛飯乎《けにもるいひを》……「笥《け》」は簞笥《たんす》という言葉があるように、もともと物を入れる方形《ほうけい》の容器のことです。円筒形だと筐《かご》、半球形だと碗《わん》です。訓読みに「け」を持つ漢字は他に気、悔、袈、暇、稀などがあり、未確定なものを抑えたり解き放ったりするという語彙《ごい》です。「飯《いひ》」は、ご飯を意味する「いひ」の他に、言い分としての「言い」、良いことを意味する「良《いひ》」があり、単に「家にいればお茶碗にご飯を盛る」という意味だけでなく、「判決が未確定ないまなら言い分を盛る《述べる》ことができる」という意味が重ねられていることがわかります。

草枕《くさまくら》……旅先での野宿のこと。そこから未確定を連想させています。

椎之葉尓盛《しいのはにもる》……樹木の「椎《しい》」に、恣意《しい》や思惟《しい》を掛けています。「盛」はお皿の上が満たされた状態の象形で、ただ単にご飯を葉っぱに盛り付けるというだけでなく、思いのままに考えを述べてみよう《盛り付けてみよう》という意味が重ねられています。

大改革のとき額田王は何を詠んだか

あかねさす紫草野行き標野行き　野守は見ずや君が袖振る（額田王）

第一章で中大兄皇子の「香具山は畝傍を愛しと耳成と相争ひき」の歌が、実は三角関係とは縁遠い歌であることを述べさせていただきました。実は、この「あかねさす紫草野行《むらさきのい》き標野《しめの》行き　野守《のもり》は見ずや君が袖《そで》振る」の歌も、やはり三角関係の証拠といわれてきた歌のひとつです。

大海人皇子《おほあまのみこ》《後の第四十代天武《てんむ》天皇》と結婚して十市皇女《とほちのひめみこ》を産み、その後、兄の中《なかの》大兄皇子《おほえのみこ》《後の第三十八代天智《てんち》天皇》の妻となったのに、前の旦那の大海人皇子が野原で額田王《ぬかたのおほきみ》に手を振って求愛してきたので、額田王が「もう、ばかね」と詠んだのがこの歌だというのが従来説です。三角関係だから額田王はきっと美人だったに違いないというのですが、額田王が美人であったことはその通りだと思いますが、果たしてこの歌はそのような意味の歌なのでしょうか。

【天智天皇ご主催の蒲生野での遊猟のときに額田王《ぬかたのおほきみ》が作った歌】

茜草指
武良前野逝
標野行
野守者不見哉
君之袖布流

あかねさす
むらさきのいき
しめのいき
のもりやみずや
きみのそでふる

茜草《あかね》で染《そ》めるように指《さ》し示す
バラバラな世を立て直す良き武《ぶ》の力
その指し示す道行きを
地方豪族たちも見て
大君の采配《さいはい》《袖振り》を受け入れて
いくことでしょう

◇歌の意味　本当はこう読み解ける！

【天智天皇ご主催の蒲生野《がもう》での遊猟のときに額田王が作った歌】

茜草《あかね》の根から採《と》れる染料で布を茜《あかね》色に染めるように野放図な世をまっすぐな美しいものに染めていこうとされている大君の道行き《示《しめ》し》を、これまでバラバラでいて中央の政令を見ようとしなかった地方豪族たちも必ず受け入れていくことでしょう。

◇まず状況を考える

題詞《ひたいのことば》にはこの歌が『天皇遊猟蒲生野時』に詠まれたものだと書かれています。この遊猟会《ゆうりょうえ》は六六八年五月五日に行われた天智天皇主催の蒲生野での遊猟会を指していることがわかっています。新暦ですといまの六月中旬にあたります。これはちょうど梅雨が始まる前くらいの季節です。

額田王は一説によれば霊力を持つ女性であったといわれています。そんな霊力のある女性が、天智天皇が催《もよお》された狩猟会の懇親会の席上で「前の夫が私に袖を振りましたわ」という歌を披露するでしょうか。周囲には群臣百寮《ぐんしんひゃくりょう》がいるのです。

遊猟会が行われたのは、白村江《はくすきのえ》事件の五年後です。この事件は、わが国の兵士一万人が朝鮮半島で虐殺されたという事件で、国内にはその爪痕《つめあと》が残っていた時期です。それがようやくある程度落ち着いてきて、天智天皇ご主催の遊猟会が催されたのです。この時代の最大の懸案《けんあん》は、全国の豪族たちの離反《りはん》を防ぐことです。なぜならわが軍の兵士たちの死は中央の威信を失わせるからです。一方では唐が日本に直接攻め込むという情報ももたらされていた時代です。なにがなんでも国を統一していかなければならない。そのためにあらゆる努力が払われてきたのが、白村江からの五年間です。それがようやく一段落して天皇主催の遊猟会が開かれます。おそらくこの歌は、その後の直会《なおらい》《懇親会》で披露《ひろう》された歌です。そのような席で、霊力を持つとされる額田王に求められる役割は、果たしてどのようなものでしょう。それは「前の夫が私に袖を振っているわ、いやん」という歌でしょうか。その場には群臣百寮が勢揃《せいぞろ》いしているのです。

このように考えれば、この歌を三角関係の歌だの、不倫の歌だのと考えることが、いかに程度の低いことかご理解いただけると思います。

◇天皇は国家最高権威であって政治権力者ではない

わが国における天皇は、国家最高権力者ではありません。本来、権力は責任とセットであるべきものです。しかし国家最高の存在が権力者であれば、その最高権力者は決して責任は取りません。これはつまり国家最高権力者が国家最高無責任者であるということです。これではどんな大国でも、二〜三百年で消滅してしまいます。

では、国家最高権力者に、しっかりと責任ある政治をしていただくためには、どのようにしたら良いのでしょうか。この答えとしてわが国が古代からずっと行ってきたのが、国家最高権力者よりも上位に国家最高権威を置くという国の形です。それが天皇です。

したがって、天皇は権威であって、政治権力者ではありません。ですから皇子であった頃なら、中大兄皇子は思う存分辣腕《らつわん》を揮《ふる》うことができたでしょう。けれど、天皇となられてからは、権威であって権力者ではないのですから、権力行使をすることができません。

それでもこの国家緊急時に、国をひとつにまとめていかなければならないのです。

しかし白村江事件の原因となった百済救援軍《くだらきゅうえんぐん》を提唱《ていしょう》したのは皇太子時代の中大兄皇子です。その中大兄皇子が、いまは天智天皇です。そして天智天皇のもとで国の建て直しのために、政治上の辣腕《らつわん》を揮っているのが、後に天武天皇となる大海人皇子《おほあまのみこ》です。その妻が額田王です。

遊猟会のあとの直会《なおらい》で、霊力のある額田王が一首の歌を披露します。

その歌は一見すると「袖を振っているわ、いやん」という歌です。けれど、その字を見れば、歌い出しが茜草《あかねそう》です。茜《あかね》の開花時期は八~九月です。ということは花のことではなく、茜色《あかねいろ》の染料として用いられる茜草を詠んでいるとわかります。しかも「武《む》良前野逝《らさきのいき》、標野行《しめのいき》」は、「逝」と「行」が使い分けられています。「逝」はバラバラになることで、ですから肉体から魂が去ることを「逝去《せいきょ》」といいます。「標野行」は、野を行くための道標《みちしるべ》です。ということは茜《あかね》色に染めるように示したものは、バラバラになった全国の豪族たちの紐帯《ちゅうたい》を、いまいちど元にもどすための道標《みちしるべ》となります。

その道標を示されているのが天智天皇です。これが「君《天皇》の布流《ふる》《揮る》袖《そで》」です。それを「野守《全国の豪族たち》」が「不見哉《みずや》」しっかりと受け入れていくことでしょう、と詠んでいるわけです。

このように、一見、軽口《かるくち》のようにみせながら実は奥深さを込めるというのは、日本の文化の特徴です。

◇額田王の果《は》たした内助の功

他の者が先のような歌を詠めば、それは天皇へのただのゴマすりになります。けれど額田王は、政治上の最高権力者である大海人皇子の妻です。しかも霊力を持つ女性です。そうであれば額田王の言葉は神々の御声です《女性が神々と通じるお役目ということについては第四章で述べます》。群臣百寮は、披露《ひろう》された額田王の歌を見て、国をひとつにまとめていくことの意義を、あらためて噛《か》みしめることになります。

同時に額田王の歌は、天智天皇の時代の政治の総括権力任者として国家統一のための政務全般の全責任を担《にな》っている大海人皇子の政治が、順調に進行していることをも含めています。つまり額田王は、「夫がちゃんと仕事をしていますから、どうか天皇はご安心くださいませ」とも詠んでいるわけです。見事な内助《ないじょ》の功《こう》といえます。

▼原文

【天皇遊猟蒲生野時額田王作歌】

茜草指　武良前野逝　標野行　野守者不見哉　君之袖布流

▼用語解説

茜草指《あかねさす》……茜草は染料に用いられる。また茜色は夕方を表す。

武良前野逝《むらさきのいき》……「武」は「たける」で歪《ゆが》んだものをまっすぐにすること。「良《ら》」は良いこと、「逝」はバラバラになることで、「野原の草木のように、バラバラで収拾《しゅうしゅう》のつかない状態のものをまっすぐにして良い方向に導くためにものごとを切り開く」という意。

標野行《しめのいき》……野を行くための道標《みちしるべ》。

野守者不見哉《のもりはみずや》……「野守」は野原の番人と地方豪族を掛ける。「不見哉」の「哉」は言葉を断ち切るときに用いる字で、見ないことを断ち切ることから、見るでしょうという意味になります。

君之袖布流《きみのそでふる》……袖振りは、上に立つ者の指揮のこと。

第二章　日本人の深い愛とは

すべては妻のおかげです

紫の匂へる妹を憎あらば　人妻ゆゑに吾恋めやも（大海人皇子）

前項の額田王の歌は「茜草《あかね》で染めるように指し示すバラバラな世を立て直す良き武の力、その指し示す道行きを地方豪族たちも見て、大君の采配《袖振り》を受け入れていくことでしょう」という歌でした。その額田王の歌への事実上の反歌《かへしうた》がこの大海人皇子の歌です。

一般にはこの歌は、あたかも大海人皇子《おほあまのみこ》が、いまや兄の天智天皇の妻《妃》となっている自分の元妻の額田王に、「人の妻になったと知りながら私はいまもお前のことを恋い焦《こ》がれているのだ」と詠んだ歌であるとされます。

しかし前項でも述べましたが、この歌が披露《ひろう》されたのは、その兄の天智天皇主催の遊猟会後の直会《なおらい》です。当然、兄もそこにいます。しかもその兄はいまや国家最高権威としての天皇《すめらみこと》です。その眼前《がんぜん》で、しかも遊猟会後の直会の席で、その天智天皇の妻《額田王》がまず「狩り場で袖を振るなんて、いやん」と詠み、続けて元旦那の大海人皇子が「いまでもお前のことを愛しているよ」と、この歌を詠むなどということが、現実問題としてありえるでしょうか。

もちろん、それだけ古代は性がおおらかだったという見方も、できないことはないのかもしれませんが、そこには大勢の舎人《とねり》《宮中の役人》らも居合《いあ》わせているのです。

実際この歌の【補記】に「諸王内臣及群臣　皆悉従焉《諸豪族、内臣および群臣たちがことごとく天皇に同行した》」とちゃんと書いてあります。そのような席で、そんな個人的な、しかもふしだらな歌の応酬を、恥ずかしげもなくすると考えるほうが異常だと思うのですがいかがでしょうか。

◇◇◇◇◇◇◇◇◇◇◇◇◇◇◇◇◇◇◇◇◇◇◇◇◇◇◇◇◇◇

【皇太子《ひつきのみこ》の答《こた》ふる御歌、明日香宮《あすかのみや》に天の下治《したしら》しめたまふ天皇《すめらみこと》、諡《おくりな》を天武《てんむ》天皇といふ】

紫草能
尓保敝類妹乎
尓苦久有者
人嬬故尓
吾戀目八方

むらさきの　世にはたらきかけるムラサキ草の花のような
にほへるいもを　いつまでも美しく輝く大切な妻
にくあらば　いつの日か歳を重ねても
ひとづまゆへに　神に通じる力を持つ美しい花のような女性が
われこひめやも　私のもつれた目配りをすっきりしてくれました

【補記】日本書紀に曰《いは》く「天智天皇の七年五月五日、蒲生野で縦猟《かり》し時、大皇弟《おほすめのいろと》、諸豪族、内臣および群臣皆《ことごと》くこれに従う。

◎歌の意味　本当はこう読み解ける！

【皇太子《ひつきのみこ》の答《こた》ふる御歌、明日香宮《あすかのみや》に天の下治《したしら》しめたまふ天皇《すめらみこと》、諡《おくりな》を天武天皇といふ】

この季節に咲き始めるムラサキ草のように美しく、大切な女性たちが歳《とし》を重ねてもいつまでも守られるように、国を守り抜くために、私（大海人皇子）も、政治に専念して日々努力を重ねています。しかしこのたびは、神に通じる力を持つ美しい花のような女性である私の妻が、私のもつれた目配りをも、すっきりと見通してくれましたね。

【補記】日本書紀には、天智天皇七年五月五日、蒲生野で縦猟《かりもよお》が催されたとき、天智天皇の弟と、諸豪族、内臣および群臣たちがことごとく天皇に同行した。

◎額田王の美しさにことよせて

要するに大海人皇子の妻の額田王は、天智天皇の妻になったわけでもなければ、大海人皇子と不倫をしていたわけでもなく、兄の天智天皇が国家最高権威となられて、これに代わって国家最高権力の長として、内憂外患《ないゆうがいかん》のむつかしい政治を全責任をもって遂行《すいこう》する夫を、まず額田王が兄の天智天皇を讃《たた》えながら、実は「夫は仕事をちゃんと行っていますわ」と、婉曲《えんきょく》に夫を持ち上げ、これを受けて「わはは。私の妻はご覧の通りの立派な妻です」とのろけてみせて場を和ませながら、同時に国政の任の重さとその根幹にあるものを居並ぶ群臣たちに再認識させるという、実に見事な歌を詠んでいるわけです。そして、どう考えてもこのように解釈をするのが自然です。

この時代の日本は、まだ豪族たちのゆるやかな集合体です。

ところが全国の豪族たちは、互いに方言が強くて言葉が通じない、これではまるで多国籍国家です。この状況から統一国家を形成する。それは日本の自立自存を保持するために是が非でもやり遂げなければならない国家の課題です。そういう時代背景のもとに、万葉集も天智天皇も大海人皇子《後の天武天皇》も額田王も生きています。

そして天智天皇七年（六六八年）五月の天智天皇主催の遊猟会が催されているわけで

す。これに群臣百寮が皆、お供をし、猟の終了後の直会《なおらい》《懇親会》で、歌を披露するように求められた額田王が霊力を持つ女性として「バラバラなわが国の様相は天皇《すめらみこと》の偉大な力によって茜草で染めるようにひとつにまとまっていくことでしょう」と歌を詠みます。

こうしたことをただストレートに、「きっとうまくいくことでしょう」というのは外国の文化です。わが国の文化はそのような直接的な言い方を好みませんし、また予言者というものは、いつの時代においてもすこしオブラートに包んだ言い方をするものです。

そしてこの歌を聴いたとき、すぐに天智天皇が「そうかそうか」とお答えになるのでは、これまた天皇としての権威を損《そこ》ねます。やはりここは天皇の弟であり政務の中心者である大海人皇子《後の天武天皇》が額田王の予言に答える必要があります。そこで大海人皇子は、額田王の美しさにことよせて、

「この季節に咲き始めるムラサキ草のように美しく、いつまでも大切な日本の女性たちが、いつまでも平和で安全に安心して豊かに暮らせるように、その日本がしっかりと守

られることを、神に通じる力を持つ美しい花のような女性《額田王》が、私のもつれた目配りをも、すっきりと見通してくれました」と答えたというのが、この歌問答の持つ本当の意味です。

もちろん歌の解釈ですから、従来どおり、不倫の恋の歌のやり取りだと解釈するのも自由です。しかし、先に述べたような国家の自立自存を賭けた危急存亡のときに、天皇の目の前で、天皇《すめらみこと》の妻である額田王と、弟君であり事実上の政治の最高責任者でもある皇太子《ひつぎのみこ》が堂々と不倫の歌を、群臣百僚が見ている前で繰り広げ、そのような歌が、万葉集の巻一のはじめの方の歌として紹介されるということが果たしてあるだろうかと考えれば、答えは明らかではないでしょうか。まだ日本国内は十分に固まっている《統一国家になっている》とは言い難い状況があるのです。このことは、この歌のもっとずっと後の時代に、持統天皇が地方行幸をされた際に、地方豪族から襲撃を受けたという事件をもってしても明らかです。まだまだ日本国内は一枚岩とは言い難い。それでも国をなんとしてもまとめていかなければ、国の自立自存が保《たも》てない。そういう焦燥感《しょうそうかん》の中で、日々、新しい日本の建設のために必死の努力が重ねられている中にあって、淫《みだ》らな歌の交換を、大海人皇子、額田王の夫妻が交わすでしょうか。従来説は私は見直されるべきだと思います。

▼原文

【題詞】皇太子答御歌　明日香宮御宇天皇　謚曰天武天皇

紫草能　尓保敝類妹乎　尓苦久有者　人嬬故尓　吾戀目八方

【補記】紀曰　天皇七年丁卯夏五月五日　縦猟於蒲生野于時　大皇弟諸王内臣及群臣　皆悉従焉

▼用語解説

紫草能《むらさきの》……ムラサキ草といえばいまではすっかり忘れな草のことをいいますが、ここではムラサキ科ムラサキ属のムラサキという花。根が紫色の染料として利用されました。いまでは絶滅危惧種になっています。開花時期が六～八月なので、この歌が詠まれた旧暦五月はちょうどこの花が咲き始める頃。「能」は、下に四足を付けると熊になりますが、もともと大きな口を開けた熊の象形から、一定のはたらきを意味する漢字となったもの。「お能」は猿楽を世に「はたらきかける芸能」にまで高めようとしたものを猿楽とは区別して付けられた名前です。「紫草能」の「能」は、助詞の「の」であるとともに、「世にはたらきかけるムラサキ草の花のような」という意味です。

尓《に》保《ほ》敝《へ》類《る》妹《いも》乎《を》……「尓」は旧字が「爾」で、美しく輝く花。「保」は人が乳児を抱いている象形で、そこから「まもる」とか「たもつ」といった意味を持つようになった字。「敝」は時間の経過とともに衣服が破れてボロボロになった象形。「類」は、区別のつかない似たようなものを表す字。「妹」は年下の妹を意味する字。妻は血を分けた妹と同じ大切な存在とみなされていました。

尓苦久有者《にくあらば》……「尓」は前に同じ。「苦」は食べにくい固くなったにがい草。「久」は長い時間の経過。「有」は、肉を右手に持っている象形。以上から「尓苦久有者《にくあらば》」は、「美しく輝く女性がいつの日か歳を重ねた妻となっても」となります。

人嬬故尓《ひとづまゆへに》……「嬬」という字のつくりの「需」は、日照りのときに雨乞《あまご》いをして雨を求め待つ象形で、これに人偏が付くと雨乞いをする巫祝士《ふしゅくし》を意味する字になります。儒教を打ち立てた孔子は、その巫祝士の家の出で、そこから儒教という語が生まれました。偏《へん》が女偏になると「嬬」で、これは神通力を発揮する巫女の意味。万葉集の解釈で「嬬」を「妻」の意味に用いたと解説するものがありますが、「妻」は頭のかんざしに手を添える女性の象形で、そこから結婚して夫のいる女性を意味するようになった字。意図して「嬬」と書いているのですから、「人嬬故尓」は、「人の身で神に通じる力を持つ女性ゆえに」という意味になります。さらに「尓」を用いることで「美しい花のような女性」という意味が重ねられます。

吾戀目八方《われこひめやも》……「戀」は心の糸がもつれた象形。

コラム　天智・天武から持統天皇の時代

◆白村江事件

この時代は、朝鮮半島の権益を失って、なお倭国として自立自存を保たなければならないという、たいへんな難局であった時代です。六六〇年の百済《くだら》滅亡のあと、わが国は全国から百済救援のための義兵を集め、なんと四万二千の大軍団を半島に送り込みました。

この時代の日本の人口は、およそ五百万人ですから、今の日本の人口比でいえば百万の軍勢を半島に送り込んだようなものです。ところが新羅《しらぎ》と百済の戦いに倭国《わこく》《日本のこと》が加勢したはずが、三年経って気付いてみると、いつのまにか干戈《かんか》を交《まじ》えているのは唐と倭国になっていました。

これでは何のために兵を出しているのかわかりません。

百済の再建も最早困難となれば、これ以上半島に兵を置く必要もありませんから、倭国は兵を引揚げるために白村江に兵を集合させました。そこを急襲されて倭国が一万を超える死者を出したというのが白村江事件です。

これは国内的にはたいへんな問題となりました。朝廷の指揮で半島に兵を送り、一万人以上がいちどきに死んでしまったのです。こうなると豪族たちの中には、「それ見たことか。だからはじめからワシは反対だったのだ」などと言い出す人が、いつの時代にも必ずあるものです。ゴネているだけなら放置も可能です。

しかし唐は日本本土にまで攻め込む計画をしていました。もし一部の地方豪族が唐と結んで朝廷を裏切るようなことがあれば、倭国はたちまち崩壊します。そうした中にあって、朝廷の権威を保ち、国をひとつにまとめていく。そのために様々な施策が採られていたのがこの時代でした。

◆日本は歴史の古い国

そしてこの時代に「漢字を用いて大和言葉を記述するという習慣」が始まっています。

わが国は歴史の古い国柄で、新石器時代に入ったのが三万年前です。世界が新石器時代に入るのは、およそ八千年前とされていますから、どれだけ日本が古い国かということです。現在では秋田から奄美群島までの全国百三十五箇所から四百点余りの新石器が発掘され、そのすべてが三〜四万年前の地層から出土し、そのすべてが世界最古のものと判明しています。なかでも長野県日向林遺跡から出土した六十点と、長野県の貫ノ木《かんのき》遺跡から出土の五十五点は、伊豆半島の五十七キロ先の海上に浮かぶ神津島《こうづしま》から運ばれてきた石材が用いられていることが確認されました。これだけの距離の外洋航海を、丸木舟で行うことは不可能です。

つまり日本人は、三〜四万年前という途方もない昔に、それだけの外洋航海を行う航海技術と船を持っていたことになります。このことについて、英国の考古学者J・ラボックは「日本列島の住民は世界に先駆けること二万数千〜三万年前に新石器時代を迎えていた」と述べています。

そしてそれだけの長い歳月を、豪族たちはそれぞれの地元で暮らしています。おそらくもとはひとつの集団だったのでしょうけれど、集団の規模が大きくなれば、食料調達の都合から、一部が他の天地を求めて広がっていきます。そして何百年、何千年と経《へ》れば、いつしか言葉も方言になります。こうした古い昔に広く普及していたのが亀甲《きっこう》や鹿《しか》骨《ぼね》を用いた占《うらな》いです。これは亀の甲羅《こうら》や鹿の骨を焼いてできるひび割れのパターンから神勅《しんちょく》を得るというものですが、そのひび割れのパターンを五十種類に分類したものが神代文字《じんだいもじ》の発祥《はっしょう》です。神代文字はひび割れのパターンそのものといえるものから、そのパターンの説明用の文字と思われるものまで、いまわかっているだけで三百以上もの種類があるといわれています。これも方言と同じで、もとはひとつであったものが、長い歳月の間に地方ごとに変化していったものということができます。

◆文化による日本の再統一

一方、中国では秦《しん》の始皇帝が文字を漢字で統一しました。このとき正式採用された文字が漢字の篆書《てんしょ》で、あまりにも字が難《むつか》しかったことから、その簡略文字として生まれたのが隷書《れいしょ》です。しかしその秦もすぐに滅び、後の中国は長く続く戦乱で倭国に及ぶ影響は少なかったのですが、隋や唐という軍事国家が台頭すると、わが国も自立自存のために、国をあらためて統一にしていく必要が出てきました。隋や唐は、言うことを聞かない人や民族は単に皆殺しにします。けれどもやっかいなことに、倭国においては、地方豪族も何代かさかのぼれば、皆、親戚です。こうなると殺すわけにいきませんから、国の統一は、武力以外の方法で行わなければなりません。

そのために七世紀に考案された様々の施策のひとつが、漢字に訓読みを与えて、日本語としての表記を可能にするという文化運動であったとされています。もともと古い時代の血のつながりがあるのです。使う文字も共通になれば、それは同じ民族となり、共同して統一国家を営むことができます。これは戦争などによって血を流さずに国をひとつにまとめる、素晴らしい考えであったと思います。

◆会意象形文字としての漢字

右の説明とすこし重複しますが、実は日本人には、漢字を使うことへの抵抗がありません。なぜかというと神代文字はもともと亀甲文字、鹿骨文字から生まれたとされるのですが、その亀甲文字も鹿骨文字も、すでにいくつかの記号《部品》の組み合わせでできています。どんな完成品でも、部品が先に成立していなければ組み立てることができません。

では、それら亀甲文字や鹿骨文字に使われている部品としての記号はどこにあるのかと見てみると、それがなんと神代文字にあります。つまり古代の日本人にとっては、神代文字を組み合わせたものが漢字となっているわけで、そうであれば大和言葉をあらためて漢字で記すことに、なんの抵抗もないわけです。

漢字は、いくつかの部品としての象形文字の組み合わせによってできています。その組み合わせのことを「会意《かいい》」といいます。ですからいくつかの象形文字の組み合わせによってできている漢字が「会意象形文字」です。

ところが漢字発祥の証拠として中国で発見されている亀甲文字や甲骨文字は、すでに部品の組み合わせになっています。なんでもそうですが、部品が完成していなければ、製品は絶対に生まれません。ということは亀甲文字や甲骨文字以前の、ひび割れの形そのものをパターン化した記号がもっと先に成立していなければならないということです。その部品が神代文字であったとすれば、古代の日本人にとっては、漢字は神代文字の組み合わせでしかありません。そうであれば当時の日本人が全国各地の豪族ごとに異なる文字を、神代文字の組み合わせ文字である漢字を用いて再統一することは、充分に合理的なものということができます。

◆「ひる湖」の存在

ちなみにここで「漢字の発祥は日本であった」などという議論をする気はさらさらありません。万年の単位で歴史を考えるときには、地形さえもいまとはまったく異なる地形になるからです。早い話いまから二万年前には、海面がいまよりも一四〇メートルも低い時代がありました。その時代には、現在大陸棚《たいりくだな》とされているところは、ほぼすべてが海上に露出して陸地です。いまの東シナ海から黄海にかけてのエリアは完全に陸上に露出し、大陸と日本は陸続きとなり、朝鮮半島は内陸部のただの山岳地帯となります。このことは、グーグル・マップの衛星写真モードで簡単にどなたでも確認いただくことができます。薄い水色になっている大陸棚のところが陸地です。

しかもこの時代は氷河期でたいへんに寒い時代です。人々はできるだけ南の方、つまりいまの琉球諸島のあたりに居住していたと考えられています。そこには大陸と外洋との間に、広大な「ひる湖」と呼ばれる山蛭《やまびる》のような形をした浅い内海《うちうみ》があり、その内海はたくさんの魚が獲《と》れるあたたかい海でもありました。人が生きるには塩分が必要です。その塩分も、カルシウムも、食物繊維も、すべて海から採ることができたのです。

ところが浅い海である「ひる湖」が、温暖化による海面上昇で、一万年の歳月をかけて、いまの地形へと変化します。つまり、万年の単位で歴史を振り返るときには、現在の地図上にある中国も朝鮮も日本もなくて、みんな一緒に、いまは沈んでしまった「ひる湖」の周囲で生活をしていたと考えられるのです。この、海沿いで生活していたということは、縄文時代の遺跡がほぼすべて貝塚を持っていることでも明らかです。

そして万年の単位の長い歳月の間に、占いのひび割れパターンが記号化され、その記号化されたものを、形を変えながら保持してきたのが日本、パターンそのものを組み合わせて文字化《漢字化》したのが古代の中国と考えると、すべての辻褄《つじつま》があってきます。

◆漢字と大和言葉の組み合わせ

日本が存亡の危機にいたったとき、日本の再統一を果たすために文字を統一しようとするならば、もともと同じ占い文字から生まれた漢字を用いることが合理的です。しかもそうすることで、ひとつの文中に複数の意味をもたせることができるようにもなります。

「茜草指」も「あかねさす」だけなら、単に夜明けや夕方に茜色に染まった空のことですが、漢字で「茜草指」と書けば、「茜草で染めるように指し示す」という意味を乗せることができます。より複雑な言語空間ができあがるのです。

会意文字が、もともとわが国の神代文字を発祥としているなら、それを用いることに日本人には何の抵抗もありません。さらに会意文字を駆使すれば、五十音だけではできない、さらに複雑な言葉を操《あやつ》れるようになります。そして言葉が高度になるということは、そのまま文化が高度なものになることを意味します。

そのような文化形成期に詠まれた歌であれば、額田王の「あかねさす」の歌も、表面上の読み取りだけで、ただ「恋の歌」とのみ解釈するのでは解釈不足です。彼女たちはこの時代に、高らかに誇りを持って新しい日本文化を形成しようとしていたと考えられるからです。

つまり「漢字を輸入して日本文化が形成された」というのは、まったくの誤解もしくは誤認で、日本の神代文字が中国で発展して会意文字となったものを、日本はあらためて逆輸入することで、神代から続く日本文化を深いものにしようとしたと理解されるのです。

第三章

国を護り国を想う

いまも続く防人たちの想い

初春は令き月にして気も淑くて風和み　梅は鏡前の粉を披く（令和の歌）

この歌《といっていいのかわかりませんが》は、令和の元号のもとになったことから、たいへん有名になりました。「初春は令《よ》き月にして、気も淑《よ》くて、風和《なご》み」という読みは、メディアなどでも紹介されて、皆様一度はお聞きになったことがあるのではないかと思います。ただしその令和の文字の現れる節は、歌そのものではなくて、歌の前置きとしての題詞《ひたいのことば》にあるものです。その題詞のあとに、三十二首の和歌が続きます。これらの歌は天平二年（七三〇）正月十三日に、大宰府の長官であった大伴旅人《おおとものたびと》の屋敷に大宰府の主だった人たちが集まって宴会をしたときに詠《よ》んだものです。そしてそれぞれの歌には、誰が詠んだか名前が記載されています。ところが題詞だけは、なぜか、誰が書いたか名前がありません。

メディアなどでは、春のうららかな陽気の歌だとしか紹介されませんが、実はもっと深い意味があります。ここではその題詞と、歌は紙面の都合で、はじめの二首だけをご紹介したいと思います。

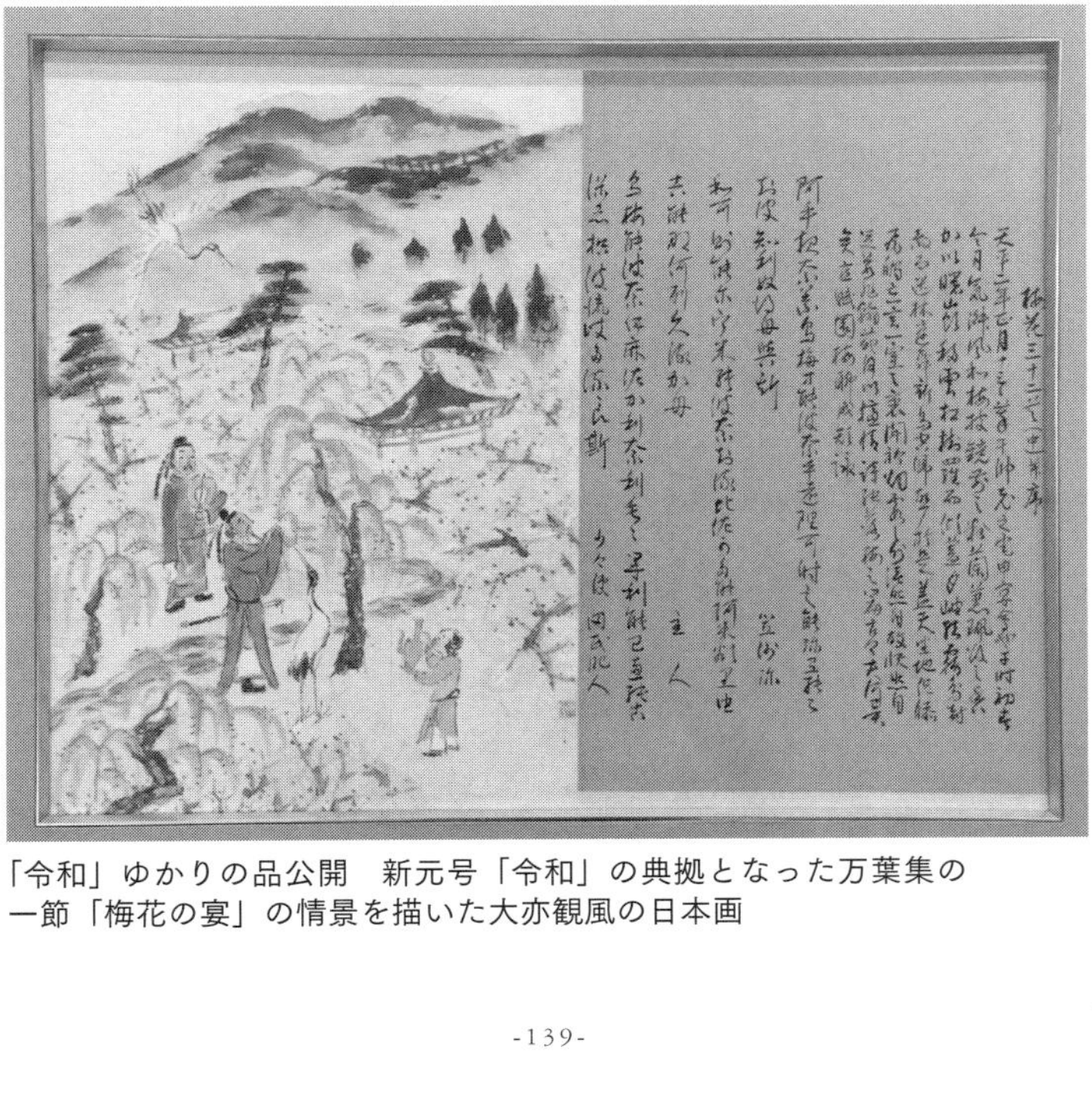

「令和」ゆかりの品公開　新元号「令和」の典拠となった万葉集の一節「梅花の宴」の情景を描いた大亦観風の日本画

【梅花の歌三十二首、あわせて序】

天平二年正月十三日帥《そちのおきな》 老の宅《いへ》に萃《あつ》まり于《ゆき》て宴会を申《の》ぶ

于時
初春
令月
気淑
風和
梅披
鏡前之粉
蘭薫
珮後之香
加以

このときに
はつはるは
よきつきにして
きもよくて
かぜはなごみて
うめひらく
かがみまえのこ
らんくらす
ほうごのかほり
くはへては

このときに
新春といえば
神々が祝《ことほ》いでくださる月で
空気も良い感じで
風もなごやかです
梅の花が咲く頃には
女性たちが鏡台《きょうだい》を開いてお化粧をはじめます
蘭《らん》の花のように並んで歩く
女性たちの後ろからは匂《にお》い袋《ぶくろ》の良い香りが
漂《ただよ》います
さらにいいますと

曙嶺
移雲
松掛
羅而傾
蓋夕
岫結霧
鳥封
穀而
迷林
庭舞
新蝶
空帰
故鴈
於是

あけのみねには
うつりくも
まつがかけるは
かぶきたら
けだしゆふべに
きりむすび
とりほうずるは
うすものに
はやしにまよふ
にはまふは
あたらしきてふ
そらかへる
ゆへにかりがね
これにては

夜明けの嶺《みね》には
移りゆく雲がたなびき
朝の霞《かすみ》がかかった松の木は
ぼんやりと視界に浮かび
昨日はあんなにはっきりと見えた
山の稜線《りょうせん》にも朝には霧がかかり
鳥たちは
朝もやの中で
林の中で迷いさまよいます
庭では
生まれたての蝶々が舞い
空には故郷に帰る
雁《かり》が飛びます
そんな中で

蓋天
坐地
促膝
飛觴
忘言
一室之
裏
開衿
煙霞之外
淡然
自放
快然
自足
若非

てんをおほひて　気宇壮大《きうそうだい》になって
ちにまして　仲間たちと座り
ひざうながして　膝《ひざ》を近付けて
はいとばす　酒を酌《く》み交わします
わすれていふは　無礼講《ぶれいこう》のようなもので
ひとへやの　一室にあっても
うちかはにして　互いに失礼があってもそんなことは気にせずに
えりひらき　襟《えり》を開いて少々言いすぎても
けふりのそとに　互いにそんなことは忘れてしまいます
あわきまま　互いに自然体で
みづからはなち　自分を解《と》き放ち
こころよく　ごく自然な心地よさに
おのづからたり　互いに満足し
もしあらず　むつかしい用語に

翰苑
何以
攄情
詩紀
落梅之篇
古今
夫何
異矣
宜賦
園梅
聊成
短詠

かんのえんにて　こだわらず
なにをもち　互いに手を携えて
こころのへとし　心を通わせ
うたにかく　詩に書いたのは
らくばいのふみ　落梅のしほりです
ここんには　昔もいまも
それもいずこか　きっとそういうことは
ことならむ　変わらぬ心なのだと思います
よろしくふすは　そういう次第で
うめのその　梅園《ばいえん》をテーマにして
いささかなすは　わずかながらの
みぢかきのうた　歌を詠みました

大弐紀卿

武都紀多知
波流能吉多良婆
可久斯許曽
烏梅乎乎岐都々
多努之岐乎倍米

むつきたち
はるのきたらば
かくしこそ
うはををきつつ
たぬしきをへめ

正月になって
春がやってきたから
せっかくなので
梅の花を前に
宴《うたげ》を尽《つ》くして楽しもう

少弐小野大夫

烏梅能波奈
伊麻佐家留期等
知利須義受
和我覇能曽能尓
阿利己世奴加毛

うめのはな
いまさけるきと
ちりすぎず
わがへのそのに
ありこせぬかも

梅の花よ
いま咲いているまま
散りいそがずに
我が家の園にも
来ておくれ

（この後に三十首が続く）

◇歌の意味　本当はこう読み解ける！

【梅花の歌三十二首、あわせて序】

天平二年一月十三日《新暦七三〇年二月五日》に、大宰府の長官の大伴旅人《おおとものたびと》の家に集まって新春の宴会を開きました。

新春といえば、神々もおよろこびになる月です。空気もあたたかでおいしく、風もなごやかになって、梅の花が咲きます。女性たちも鏡台を開いてお化粧をして美しく装い、蘭の花のように並んで歩く女性たちの後ろからは、匂い袋の良い香りが漂《ただよ》います。夜明けの嶺《みね》には移りゆく雲がたなびき、朝もやの中には松の木がぼんやりと見えて、それはまるで松の木が浮かんでいるかのようです。昼間にはあんなにはっきりと見えていた山の稜線《りょうせん》も、朝もやの中にぼんやりと浮かびます。そんな朝もやの中では、鳥たちさえも迷子《まいご》になってしまいそうです。春です。庭には生まれたての蝶《ちょう》が舞い、空には故郷に帰る雁《かり》が飛びます。

そんな初春の中で、気宇壮大《きうそうだい》になって仲間たちと座り、膝《ひざ》を近付けて酒を酌《く》み交《か》わしました。この宴《うたげ》は、いわば無礼講《ぶれいこう》のようなものでして、お互いに少々失礼があっても、そんなことは気にもとめません。少々言いすぎがあっても、お互いが襟《えり》を開いていますから、そんなことはすぐに忘れてしまいます。お互いが自然体で、自分を解《と》き放《はな》つことができるごく自然な心地よさに、互いに満足し、あまり言葉のむつかしさにこだわらないで、お互いに手を携《たずさ》え、心を通わせながら、興《きょう》に乗って木簡《きふだ》に梅の花の歌を書き記《しる》しました。そんなときの気分というのは、きっと大昔もいまも変わらないのでしょうね。

というわけで、梅園をテーマに、恥ずかしながらわずかばかりの和歌を詠みました。どうかご高覧あそばされますよう。

大弐紀卿

正月になって春がやってきたのだから、梅の花を前にして、おもいきり飲もうぜ

少弐小野大夫

梅の花よ、いま咲いているまま、散りいそがずに、ワシの家の庭にも来て咲いてくれ
《以下三十首が続く》

◎俺たちが護《まも》る国とは

この歌を鑑賞するにあたり、冒頭にも申し上げましたが、題詞《ひたいのことば》は、誰が書いたか記名がありません。そんなことは題詞なのだからあたりまえではないかとおっしゃる前に、以下を少し読んでいただければと思います。

まず、この歌会があった場所は大宰府《だざいふ》です。

大宰府は国防の最前線です。そして大宰府にいる男たちのことを防人《さきもり》といいます。防人は全国から集まった男たちです。その防人の男たちが護ろうとしているものは何か。それは、空気が良くて風も和《なご》んでいて、春になると女たちが美しくお化粧をして装い、そんな女性たちから良い香りが漂い、夜明けには嶺に雲がたなびいて、薄い霧がかかり、

蝶が飛び、雁が空を駆けていく、そういう平和な、誰もが安心して安全に暮らせる日本です。

そのために男たちは大宰府に勤務しています。いったん緩急《かんきゅう》があれば、義勇を公《おおやけ》に報《ほう》じる。命をかける。それは覚悟というだけでなく、そのために日々の猛烈な訓練を続けています。ですからこの題詞は、このときに集まったみんなの共通の思いであり、防人の男たち全員の総意《そうい》です。そうであれば、誰が題詞を書いたのかなど問題にならないのです。

おそらく題詞は、集まったみんなの前で

大宰府政庁跡

披露されたことでしょう。

「初春は令《よ》き月にして、気も淑《よ》くて風和《なご》み」と、たいへんに調子も良い。

「これはいいね。さすがです」

「いやいや、みんなの共通の思いですから」

「それはそうだね。ではこの題詞は、みんなの総意ということで名前を記さずにおこう」

「さんせい。そうしましょう！」

そのような会話が交わされたかどうか。

◎本当の歌の良し悪しとは

世界中どの国においても、兵はただ上の人に使われるものです。いわば兵は意思を持たないロボットです。けれども私たちの国では千年以上も前から、兵も将校も、ひとりひとりが自分たちの愛する家族を大切に護《まも》る、国中の人々の平和で豊かな暮らしを護るという思いで、前線に出ています。

その思いは、この時代の防人も同じですし、江戸時代の武士たちも、明治以降の陸海軍の兵隊さんたちも、いまの自衛隊のみなさんも同じです。ずっとつながっているのです。いまの自衛隊員は豪雪や地震、大水などの被災地にあっても、愚痴《ぐち》のひとつもいわずに、何日も何ヶ月も、黙々と被災地の救助にあたります。この歌は西暦七三〇年の歌で、いまから千三百年近い昔の歌ですけれど、大切な国土と人々を護ろうとする、その思いと決意は、大伴旅人の時代も、現代の日本も何も変わっていないのです。

この題詞のあとに続く三十二首の歌は、いずれも万葉仮名で書かれた、なんの技巧《ぎこう》もない素朴な歌ばかりです。そういう歌が続くことで、素朴な男たちの、朴訥《ぼくとつ》として国を守ろうとする意気が見事に伝わってきます。近年では和歌といえば《俳句もそうですが》、やたらとテニヲハを云々する技巧《ぎこう》ばかりが強調される傾向があります。しかし本来歌の良し悪しは、そうした技巧にあるのではありません。表面上の字句の巧拙《こうせつ》ではなく、その字句に込められた思い、何を根底においてその歌が詠まれているのか、そうい

う思いを察し、共有しあうことが和歌の醍醐味《だいごみ》であり和歌の文化です。そういうことを
この「梅花歌三十二首と序」は教えてくれているのだと思います。

▼**原文**

梅花歌卅二首并序

【題詞】天平二年正月十三日　萃于帥老之宅　申宴会也　于時初春令月　気淑風和　梅披鏡前之粉　蘭薫珮後之香　加以　曙嶺移雲　松掛羅而傾蓋夕　岫結霧鳥封縠而迷林　庭舞新蝶空帰故鴈　於是蓋天坐地　促膝飛觴　忘言一室之裏　開衿煙霞之外　淡然自放　快然自足若非翰苑何以攄情　詩紀落梅之篇古今夫何異矣　宜賦園梅聊成短詠

武都紀多知　波流能吉多良婆　可久斯許曽　烏梅乎乎岐都々　多努之岐乎倍米　大弐紀卿

烏梅能波奈　伊麻佐家留期等　知利須義受　和我覇能曽能尓　阿利己世奴加毛　少弐小野大夫

▼**用語解説**

帥老《そちのおきな》……帥《そち》は長官で、ここでは大宰府の長官ですから大伴旅人のこと。老《おきな》は敬称。

萃于《あつまりゆきて》……卒は十人の兵士からなる小隊を表す漢字。これに草冠がついて草の小隊、つまり十人前後の末端の小隊を表す。「于」は長く曲がった長刀の象形。そこから「萃于」は、十名前後の仲間たちが丸くなって座って宴会をしたという意味となる。

初春令月《はつはるはよきつきにして》……令という字は、神々から降りてくる声の前でかしずく人の姿の象形。この字に大和言葉の「よい」が当てられていますが、この字を用いたときの「よい」は、ただ良《よ》いのではなくて、神々の御意思として「よい」という意味。つまり「神の御意思として初春はよい月だ」と言っているのです。

気淑風和《きもよくてかぜはなごみて》……淑は「しとやか」を意味する漢字。つまり空気がしとやかで、しあわせそうな和やかな風といった意味。

梅披鏡前之粉《うめひらくかがみまえのこ》……披は結婚式の披露宴に使われるように「ひらく」を意味する漢字。「鏡の前の粉」とは、女性がお化粧に使う「おしろい」のこと。

蘭薫珮後之香《らんくらすほうこのかほり》……珮《ほう》は、女性が帯などに付けた小さな匂い袋のこと。蘭は花が整然と並ぶことから、並んで歩く女性たちの後ろから、良い香りがしている様子を表わす。

曙嶺移雲《あけのみねにはうつりくも》……夜明けの嶺《みね》に移りゆく雲。

松掛羅而傾《まつがかけるはかぶきたら》……近くで斜めに傾いて立っている松の木がぼんやりと霧に霞んでいる様子。

蓋夕岫結霧《けだしゆふべにきりむすび》……昨日の夕方にははっきりと見えていた遠くの嶺《みね》《山なみのこと》が、霧に隠れている様子。

鳥封縠而迷林《とりほうずるはうすものにはやしにまよふ》……縠はちりめんのこと。鳥がちりめんのような朝もやの中で林で道に迷っているようだ、といった意味。

庭舞新蝶《にはまふはあたらしきてふ》……新蝶は、生まれたてのチョウチョ。

空帰故鴈《そらかへるゆへにかりかね》……故鴈の故は「ふるい」といった意味。渡り鳥の雁《かり》が古巣に帰ろうと空を飛んでいる様子。

蓋天坐地《てんをおほひてちにまして》……いわば気宇壮大《きうそうだい》に地に座るといった意味。

促膝飛觴《ひざうなかしてはいとばす》……促はこの場合「近づけて」と読む。觴《はい》は酒を飲む盃のこと。

淡然自放《あわきままみづからはなち》……淡き自然に自分の心を解き放つといった意味。

快然自足《こころよくおのづからたり》……自然のままにこころよく、自《みず》ら満ち足りる。

翰苑《かんのえん》……唐の時代に書かれた辞書のようなもの。いまで言ったら「現代用語の基礎知識」のような書。

攄情《こころのへ》……攄は、手偏に思慮の慮と書いた字で、手をたずさえて情を通わすこと。

宜賦園梅《よろしくふすはうめのその》……賦は割り当てのこと。この場合は歌会の題に梅花の園を選んだ《割り当てた》ということ。

第三章　国を護り国を想う

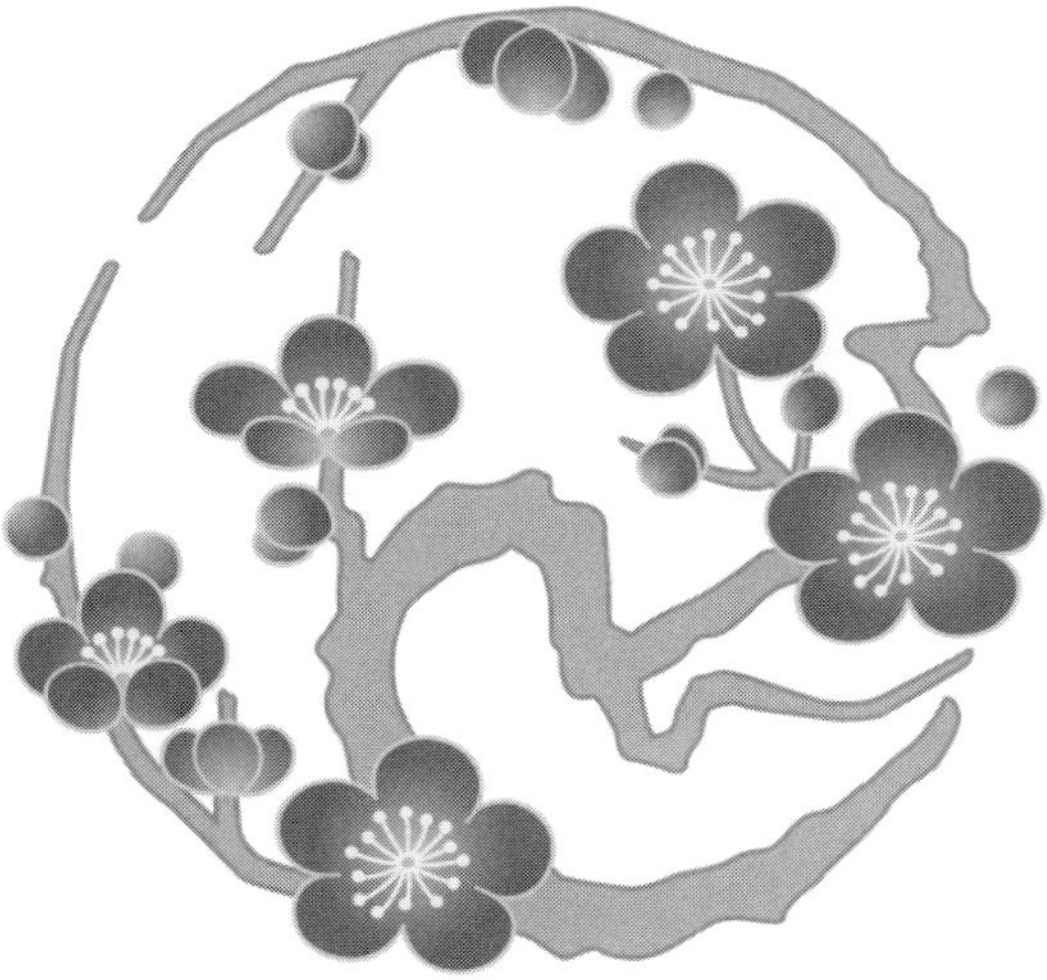

夫の偉業を受け継ぐ決意

燃ゆる火も取りて包みて袋には　入ると言はずや面智男雲（持統天皇）

持統天皇《じとうてんのう》は天智《てんち》天皇の第二皇女として生まれ、天智天皇の弟の天武《てんむ》天皇の妻となり、天武天皇崩御《ほうぎょ》後に女性天皇となり、孫《まご》の文武天皇に御譲位《ごじょうい》された後には、わが国初の太《だい》上天皇《じょうてんのう》《上皇》となられた偉大な天皇です。行政機能の整った藤原京を築造され、飛鳥浄御原《あすかきよみはら》令《りょう》を公布し、記紀《きき》の編纂《へんさん》を進められました。

ここで紹介されている二つの歌は、夫の天武天皇が崩御されたときの弔歌《ちょうか》です。ところが一般の解釈は、「燃える炎だって袋に包み入れることができるのだから、夫の魂だって戻すことができるはずだ」としています。そのような無茶を「できる」と決めつけるだけでなく、さらに夫の魂を「呼び戻して来い！」と、部下に無理難題をあたかも押し付けたかのように解釈されています。ところがそのように解釈しているものを読むと、四句目が「はいるといはすや」と八文字になっているし、五句目の「面智男雲」は「何と読むのかわからない」と、読み取り自体を放棄しています。これはおかしなことです。和歌は本邦初《ほんぽうはつ》の須佐之男命《すさのをのみこと》の「やくもたつ」の歌から、五七五七七と決まっているのです。果《は》たして字余り読みや、解釈の部分放棄で、本当に歌が正しく解釈されているといえるのか疑問です。それにたった三十一文字の短歌の中に、

持統天皇
（勝川春章作　小倉百人一首）

意味のない語を四文字も入れるとは考えられないことです。

そこでこの歌を原文から丁寧に読み返してみると、実はまったく違う、夫の早逝《そうせい》を悲しむ持統天皇の素直《すなお》な性格と、夫の事業を、その理想を、何が何でもやり遂《と》げようとする持統天皇の悲しみの中での固くて強い決意が深く詠み込まれた実に素晴らしい歌であることがわかります。

【天を賛《たた》え、その偉業を受け継《つ》ぐ決意の歌】

✿一書日　天皇崩之時　太上天皇御製歌二首

《ある文にいわく天武天皇崩御のとき、太上天皇の御製の歌二首》

◇◇◇◇◇◇◇◇◇◇◇◇◇◇◇◇◇◇

燃火物
取而裏而
福路庭

もゆるひも　　神々に捧げるための火を
とりてつつみて　　宝物をつつむように大切に祭壇《さいだん》に置きました
ふくろには　　貴方の御魂《みたま》が通るであろう庭先の路《みち》にも

入澄
不言
八面智男雲

向南山
陳雲之
青雲之
星離去
月矣離而

いれると
いはぬ
やもちのをくも

なこうやま
つらなるくもの
せいうんの
ほしはなれさり
つきまたさりて

清らかな水を捧げましょう
いまはもう何も申し上げることはありません
貴方はどの方向から見ても智者であられた
まるで空に浮かんで地上のすべてを見下ろす
男雲《をくも》のような素晴らしい天皇でした

北枕でご安置された天武天皇の涙のご遺体
空に浮かぶ羊雲《ひつじぐも》のように連《つら》なった参列の
人々
高い徳をお持ちだった天武天皇は
世を照らす光となって離れ去られました
歳月もまた過ぎ去りました

◇歌の意味　本当はこう読み解ける！

【天を賛《たた》え、その偉業を受け継《つ》ぐ決意の歌】

神々に捧げるための炎を宝物をつつむように大切に祭壇《さいだん》に置きました。貴方の魂が通るであろう庭先にも清らかな水を捧《ささ》げましょう。いまはもう何も申し上げることはありません。貴方はどの方向から見ても智《かしこ》い方であられました。まるで空に浮かんで地上のすべてを見下ろす男雲のような、素晴らしい天皇でした。

北枕でご安置された天武天皇の悲しいご遺体。空に浮かぶ羊雲《ひつじぐも》のようにいっぱいに連なった参列の人々。高い徳をお持ちだった天武天皇は、世を照らすきらめく光となってこの世から離れ去られました。歳月もまた過ぎ去りました。

◎天武天皇のもとで政務を担《にな》った持統天皇

天武天皇の時代は、皇親政治《こうしんせいじ》といって国家最高権威である天皇のもとで、皇后を筆頭に、皇族が政務を執《と》られた時代です。このことは、もうすこしわかりやすくいえば、国家最高権威として、政治権力を揮《ふる》うことのできない夫《天皇は政治権力を揮うことができない》に代わって、妻の鸕野讃良皇后《うののさらのおほきさき》《後の持統天皇》が、全権を担《にな》って政務を執《と》られていたことを意味します。事実上の政治権力の頂点にあるのが鸕野讃良皇后だったのです。女性の身でありながら、それはとてもたいへんなことであったろうと思います。

国家最高権威としての天皇の役割は「示《しめ》し」です。よく国家戦略とか戦術とかいいますが、戦略も戦術も、どの方向に進むのかという「示し」が明確でなければ組みようがありません。これは古事記ですと葦原中津国《あしはらのなかつくに》の平定《へいてい》のところに出てくることで、天照大御神《あまてらすおほみかみ》が、子の天忍穂耳命《あめのおしほみみのみこと》に、地上社会である葦原中津国を「知《し》らせ」とお示しになります。そうすることでひとつの未来を確定するわけです。

未来には無限の選択肢《せんたくし》があります。その中のどの未来を選択するかを特定することが「示し」です。これこそトップの最大の役割です。そしてひとたび「示し」が行われれば、そこで目指《めざ》すべき未来が確定しますから、すべてがその示された方向に向かって進むことになります。戦術や戦略は、この段階になってようやく必要になるものです。したがって「強靭《きょうじん》な国家建設を」という「示し」が天武天皇によって行われれば、朝廷の職員や豪族たちは、その方向に向かって進まなければなりません。このときの進行を統括するのが政治上の最高責任者の役割です。天武天皇の時代は皇親政治の時代ですから、天武天皇の「示し」を実施する最高責任者は皇后陛下であられる鵜野讃良皇后《うののさらのおほきさき》《後の持統天皇》になるわけです。

◇歴史上唯一「高天原」の諡号《しごう》を贈られた天皇

ところがその夫天皇が急逝《きゅうせい》してしまいます。夫を信じ、夫を支え、夫の願いを、思いをそのまま実現していくことが、わが国の庶民のためになる。そう思い、そう信じて努力を重ねてきたのに、その夫が亡くなってしまう。

政治権力の席というのは孤独な席です。その席は常に反対意見にさらされ、常に人から嫌われ、一方で権力にすり寄る自己中心的な人たちが跋扈《ばっこ》する魑魅魍魎《ちみもうりょう》の集う席です。女性は単細胞な男性よりもはるかにそうした人の気持ちや思いに敏感なだけに、その席のつらさもひとしおであられたことと思います。鵜野讃良皇后がその重圧を押してわが国統一のための努力を重ねることができたのは、おそらくは愛する夫の理想を夫とともに実現したいという思いがあればこそであったことであろうかと思います。それだけに夫の急逝は、どれほど悲しかったことでしょう。どれほどお寂しかったことでしょう。けれど葬儀の席ともなれば群臣百寮が臨席《りんせき》しているのです。ただ泣き崩れているわけにいかない。こうした情況下にあって、夫への愛と深い感謝と国をあげての悲しみを歌に託《たく》しながら、さらに夫の理想を継続して実現していくのだという強い決意を示さなければならないのです。それがこの二首です。

果たしてその歌が、「燃えさかる火を取って包《つつ》んで袋に入れろ」というような無理難題のくだらない歌になるのでしょうか。

二番目の歌も、使われている漢字から意味を探れば、天武天皇の葬儀に参列してくださった多くの人々への感謝と天武天皇への感謝、そしてこれからも天皇霊として、わが国の行く末をしっかり見守ってほしいという願い、そして天武天皇が去られたいま、その跡を立派に嗣《つ》いでゆくという決意が込められた歌とわかります。まさにあらゆる意味において気配りの行き届いた、これは歴史に残る見事な歌というべきものです。

持統天皇が崩御されたとき、群臣百寮が持統天皇に贈った諡《おくりな》は、高天原広野姫《たかまのはらひろのひめの》天皇《すめらみこと》です。歴代天皇の中で、唯一《ゆいいつ》持統天皇だけが「高天原」の三字の入った諡を与えられています。高天原の広い野を知《し》らしめるご存在といえば、天照大御神をおいて他にはありません。つまり持統天皇は、この地上社会において唯一、天照大御神に匹敵する素晴らしい徳を持たれた天皇であったとされたのです。だから高天原広野姫天皇という諡が贈られています。

持統天皇という御名は、漢風諡号《かんぷうしごう》といって、持統天皇がお亡くなりになってからずっと後年の奈良時代に贈られた諡です。「持統」は「皇統を持する」という意味で、天智天皇、天武天皇と続いた統一国家への道を保持し、固めたという諡になっています。

▼原文

【一書曰　天皇崩之時　太上天皇御製歌二首】

燃火物　取而裹而　福路庭　入澄不言　八面智男雲

向南山　陳雲之　青雲之　星離去　月矣離而

▼用語解説

燃火物《もゆるひも》……「物」という字は「牛＋勿」で成り立ち、「勿」には「悪いものを清める」という意味があります。したがってお清めのための火を祭壇に掲げたことを示します。

取而裹而《とりてつつみて》……「裹」という字は果物《くだもの》をしめす果に衣を組み合わせた字で、もともと宝物《たからもの》を包《つつ》むことを表すのに使われた字です。

福路庭《ふくろには》……単に紙袋のような「袋」と訳されることが多いですが、原文は「福路《ふくろ》」と書いています。「福」は天の助けによるしあわせ、「路」は神々が往来する道を意味します。

入澄《いれると》……「澄」は、透き通った清らかな水を神に捧げる象形。

八面智男雲《やもちのをくも》……古来、読み方さえわからないとされ、そこでやむなく四区目の「入澄不言」と五句目の「八面」を合わせて「入澄《はいると》　不言八面《いわやずも》」と読まれたりしてきたのですが、そうすると「燃ゆる火」から「ふくろには」までがちゃんと五七五になっているのに、四区目がいきなり九文字となり、五句目は読まない（読めない）となってしまいます。これでは歌の道から外《はず》れてしまいます。四区目の「入澄不言」を「いれるといわず」と七字で切り、五句目の「八面智男雲」を七字で読むと、「八面智」と書いて「三六〇度、どの角度から見ても知的な智《さとし》さを持った」という意味となり、「男雲《をくも》」は空に浮かぶ男らしい雲となって意味が通ります。

向南山《なこうやま》……「向南山」と書いて南の反対側だから「きたやまに」と読むものもありますが賛成できません。そうであるならば、ここに「尓《に》」が入らなければならないからです。「向南山尓」であれば「きたやまに」で五文字確定ですが、「尓」がないので、むしろここは「泣こう」と掛けて「なこうやま」と読むべきでしょう。遺体は古今、北枕《きたまくら》にご安置《あんち》します。北を枕にするということは、ご遺体は南の方角を見ることになります。つまり「南を向いてご安置された北枕のご遺体」と読めば、この句が示しているのはお亡くなりになった天武天皇のご遺体ということがわかります。

陳雲之《つらなるくもの》……「陳」は、つらなることを意味する漢字で、「陳雲」で雲が連《つら》なっている様子。天武天皇の崩御が新暦の六八六年十月一日ですから、空に浮かぶのは秋空の雲です。この時期に上空で連なっているように見える雲といえば、高積雲の羊雲《ひつじぐも》がこれにあたります。その姿は、天皇の葬儀である大喪《たいそう》の礼《れい》に参列した多くの人々の姿にも似ています。なお「陳雲」を「たなびく」と訳しているものがあるが賛成できません。羊雲は「たなびく」ように見える雲ではないからです。

青雲之《せいうんの》……「青雲」は高く透き通った青空に浮かぶ高高度の白い雲のことです。秋の羊雲《高積雲》は高度およそ五千メートルの上空に浮かぶ高い雲で、まさに「青雲」そのものです。ちなみに青雲を「あおくも」と読むものがありますが、四区目の「星」が「せい」とも読めるので、音を重ねて、ここでは「せいうん」と読みました。なお「青雲」を「しののめ」と読むものがありますが賛成できません。「しののめ」は普通「東雲」のことで、これは夜明けの雲を意味します。高高度の羊雲とはまったく別のものであることに加え、ここで夜明けの雲が登場する理由がありません。

星離去《ほしはなれさり》……「星」の旧字は「曐」で、日が三つに生きると書きます。意味は「きらめく光に包まれて生きる」です。音読みの「セイ」は、「生《せい》」に通じ、このように読むことで、「夜《よ・世》」を照らすきらめく光となって生から離れ去っていった」という意味とわかります。

月矣離而《つきまたさりて》……「月また去りて」と読みますが、わが国において「月」といえば「月読神《つくよみのかみ》《日本書紀では月神》」を指し、月は太ったり痩せたりを繰り返しますから、月を読むことは暦《こよみ》を読むことを意味します。つまり月が象徴しているのは歳月です。そこから「月また去りて」

は「歳月もまた過ぎ去りて」という意味になります。

平和な世が崩れていくとき

熟田津に船乗りせむと月待てば　潮もかなひぬ今は漕ぎ出でな（額田王）

額田王《ぬかたのおおきみ》は、万葉集の中でも、古来とりわけ人気の高い女性です。日本書紀では額田《ぬかたの》姫王《ひめみこ》と記されています。父は鏡王《かがみのおう》です。天武天皇の妃《きさき》となり、十市皇女《とほちのひめみこ》を生みました。

この歌は「にぎたつに〜」から始まる歌の音《こえ》の響《ひび》きがとても心地よく、古来たいへん愛された有名な歌です。意味は一般的に百済《くだら》復興支援のための戦いに、いざ出征《しゅっせい》しようとする旅立ちの歌であって、「熟田津《にぎたつ》で船出をしようと月の出を待っていたら、ちょうど良い具合に潮が満ちてきたから、さあ船を漕《こ》ぎ出そう」という、上機嫌な歌だといわれています。ただし「熟田津」という地名は今は失われていて、どこにあるかわからないともいわれています。

ところがこの歌には万葉集に補記《ほき》があって、そこにはこの歌が「哀傷歌《あいしょうか》」であると書かれています。しかも歌を詠んだのは、額田王ではなくて、実は斉明天皇《さいめいてんのう》だと万葉集は書いています。これはいったいどういうことでしょうか。

そこで原文に立ち返って、歌と補記を詳しく読んでみたいと思います。

【平和な世が崩《くず》れていく哀《かな》しみの歌】
《補記は重複するので後でまとめます》

◇◇◇◇◇◇◇◇◇◇◇◇◇◇◇◇◇◇

熟田津尓
船乗世武登
月待者

にぎたつに　篝火《かがりび》の焚《た》かれた田んぼのわきの船着き場に
ふなのりせむと　出征の乗船のために兵士たちが集まっている
つきまてば　出発の午前二時の月が昇《のぼ》るのを待っていると

◇◇◇◇◇◇◇◇◇◇◇◇

潮毛可奈比沼
今者許芸乞菜

しほもかなひぬ　潮《しお》の按配《あんばい》も兵たちの支度《したく》もいまは整《ととの》い
いまこきいでな　いま漕《こ》ぎ出すのですね

◇歌の意味　本当はこう読み解ける！

【平和な世が崩《くず》れていく哀《かな》しみの歌】

篝火《かがりび》の焚《た》かれた田んぼのわきに作られた船着き場に、出征のために船に乗り込もうと兵士たちが集まっています。出発のために午前二時の月が昇《のぼ》るのを、掛け声とともに整列した兵たちと待っていると、ちょうど船を漕ぎ出す時間になりました。兵として出征する若者たちは日頃は農業に技術を発揮《はっき》している者たちです。かつて亡《な》くなった夫の舒《じょ》明《めい》天皇とともにこの伊予《いよ》の地にやってきたときは、ただ湯治《とうじ》をするだけの平和な旅でした。それなのにいまはこうして若くて優秀な、そして日頃は村のために一生懸命に働いている若者たちを、兵として戦地に送り出すための見送りをしなければなりません。それはとても哀しくて辛《つら》いことです。

【補記】

右の歌は、山上憶良大夫の類聚歌林《るいしゅかりん》で検《しらべ》てみると、第三十七代斉明天皇が詠《よ》まれた歌であって、このたびの伊予の熟田津《にぎたつ》の宿所が、かつて夫である第三十四代舒明天皇とご一緒に行幸された昔日《せきじつ》のままであることに感愛《かんあい》の情を起《おこ》されて、哀傷《あいしょう》されて詠まれた歌であると書かれています。つまりこの歌は、本当は斉明天皇が詠まれた御製《おおみうた》です。このときの額田王の歌は別に四首あります。

◎熟田津《にぎたつ》は地名ではない

熟田津《にぎたつ》は、補記に「伊予の熟田津《にぎたづ》に泊まる」とありますから、愛媛県伊予市のどこかであることは間違いがないのですが、「熟《にぎ》」という字は、足のついた篝火《かがりび》を意味する漢字です。また「田津《たづ》」というのは、田んぼの脇の水路にある船着き場のことです。つまり「熟田津」は地名ではなくて、「田んぼの脇に臨時に設営された船着き場に焚《た》かれた篝火《かがりび》」を意味しています。

このことを浮き彫りにするために、すこし情況を考えてみます。

この歌は新羅《しらぎ》によって滅ぼされた百済《くだら》の再興《さいこう》のために、わが国から朝鮮半島に兵を送るために、天皇みずからが伊予にまで行幸《ぎょうこう》されたときに詠まれた歌です。朝鮮半島への渡海は外洋航海ですから大型の船を用います。

この時代、夜間の航海は流木《りゅうぼく》などに船が衝突《しょうとつ》するリスクが大きいため、出港は早朝未明です。早朝に兵を船に乗せて、日中に外洋を航海するのです。早朝の海は朝凪《あさなぎ》といって、波が静かでおだやかです。少しでも航海の安全を期するなら、夜明け以外に出発の時間はありえません。

ところがその船に万単位の兵を乗船させなければならないのです。この時代、まだ大型船舶に多人数を乗せて寄せることができる港湾設備はありません。したがって沖合に浮かばせた大型船まで、たくさん用意した小舟で兵をピストン輸送することになります。

仮に一度に五千人の兵を輸送するとき、一隻の小舟に乗れるのは、手荷物や鎧《よろい》などを含めれば、せいぜい十人です。小舟は述べ五百隻が必要になります。三時間程度で全員を乗り込ませるためにはピストン輸送でも三十～四十隻の小舟が必要です。そしてそれだけの小舟を用意したとしても、その小舟をどこに繫留《けいりゅう》するかが問題になります。そして、小舟に兵を安全に乗船させるためには、海岸よりも、川をさかのぼった田んぼの水路から乗船した方が安全です。そこなら波の揺《ゆ》れがないからです。

つまり熟田津《にぎたつ》というのは、地名ではなくて、兵を船に乗せるための船を接岸させた田んぼの水路にあつらえた臨時の船着場のことであり、熟《にぎ》は、早朝、まだ薄暗い中にあって、その辺り一帯に焚《た》かれた篝火《かがりび》のことをいうわけです。

そこで月を待っています《月待者》。

この歌がモチーフとしている時間は、原文の補記にあるのですが、旧暦の一月二十三日《新暦三月二日》の午前二時頃です。二十三日の月は、ちょうどその時間に月が昇ります。出港が午前六時頃なら、小舟を利用した兵たちの乗船時間におよそ四時間を見込んでいたことになります。理論的にも時間はピタリと当てはまります。

◎斉明天皇のお哀《かな》しみと額田王への信頼

補記を読んだらわかりますが、そこは、かつて斉明天皇が、夫の舒明天皇とともに湯《とう》治《じ》にやってこられた場所です。天皇の湯治ですから、お付きの人もたくさんいて、さぞかし賑《にぎ》やかであったことでしょう。それは女性の天皇である斉明天皇の、平和な日々の心あたたまる思い出です。ところがいまは、こうして若者たちを戦地に送るために、伊予の地にいます。その若者たちは、日頃は「菜を乞う技術《芸》」を持った若者たちです《原文：芸乞菜》。

この歌が「待っていた月が出たから、サア行くぞ」という歌なら、それは勇壮歌であって、哀傷歌になりません。要するに「かつて亡くなった夫とともにこの伊予の地にやってきたときは、平和な日々だった。けれどいまは、こうして日頃農業をしている若者たちを戦地に送り出さなければならない」と、そのことを女性の天皇である斉明天皇がたいへんにお哀《かな》しみになっているから、「往時《おうじ》を思い出し、感愛の情によって哀傷《かな》びの歌を詠む《原文：当時惣起感愛之情所以因製歌詠為之哀傷也》」と補記されているのです。そうであれば、歌が勇壮《ゆうそう》であればあるほど、斉明天皇の哀しみが引き立つことになります。

しかしこれから戦《いくさ》に出発だというときに、天皇がお哀しみを言い出したというのでは、兵たちに示しが付きません。だから本当は斉明天皇の御製なのだけれど、信頼できる女性である額田王に、「おまえがこの歌を詠んだことにしておいておくれ」とされたというのが、補記に書かれていることです。額田王がどれほど斉明天皇に信頼された女性であったのか、ということです。

▼原文

熟田津尓　船乗世武登　月待者　潮毛可奈比沼　今者許芸乞菜

【補記】

右検山上憶良大夫　類聚歌林曰　飛鳥岡本宮御宇天皇元年己丑九年丁酉十二月己巳朔壬午天皇大后幸于伊豫湯宮後岡本宮馭宇天皇七年辛酉春正月丁酉朔壬寅御船西征始就于海路　庚戌御船泊于伊豫熟田津石湯行宮　天皇御覧昔日猶存之物。当時忽起感愛之情所以因製歌詠為之哀傷也　即此歌者天皇御製焉　但額田王歌者別有四首。

（補記の読み下し）

右、山上憶良大夫の類聚歌林《るいしゅかりん》を検《かむが》ふるに曰《い》はく、飛鳥岡本宮《あすかのをかもとのみや》に天《あめ》の下知《し》らしめしし天皇《すめらみこと》の元年《はじめのとし》の己丑《つちのとうし》、九年丁酉《ひのととり》の十二月《しはす》己巳《つちのとみ》の朔《ついたち》の壬午《みずのえうま》、天皇太后《おほきさき》、伊予《いよ》の湯の宮に幸《いでま》す。後岡本宮《のちおかもとのみや》に天の下知《し》らしめしし天皇《すめらみこと》の七年辛酉《かのととり》の春正月丁酉《ひのととり》の朔《ついたち》の壬寅《みずのえとら》、御船《みふね》西に征《ゆき》て始めて海路《うみのみち》に就《つ》く。庚戌《かのえいぬ》、御船《みふね》、伊予《いよ》の熟田津《にぎたつ》の石湯《いはゆ》の行宮《かりみや》に泊《は》つ。天皇、昔日《むかし》より猶《な》ほし存《のこ》れる物を御覧《みそこなは》し、当時忽《すなはち》感愛の情を起す。所以《ゆえ》に歌詠を製《つく》りて哀傷したまふといへり。すなはちこの歌は天皇の御製《おほみうた》そ。ただし、額田王の歌は別に四首あり。

▼用語の意味

熟田津《にぎたつ》……田んぼの脇で篝火《かがりび》が焚《た》かれた臨時の船着き場。

船乗世武登《ふなのりせむと》……「世」は、もともと漢字の十を三つ合わせた字で、三十年の時の流れを意味し、そこから長い歳月を、そしてさらに派生して世の中を表すことになった字。「武」は、戈を止めるですが、訓読みが「たける」で、これは「竹のようにまっすぐにする」という意味。「登」は祭器を両手で捧げ持つ象形で、そこから「うえにあげる、あがる、のぼる」を意味するようになった字。ここでは天皇が伊予に行幸されていますので、飛鳥から伊予に上る《登る》ことになります。

月待者《つきまてば》……出発のための月を待っていたこと。

許芸乞菜《こぎいでな》……「許芸《こぎ》」は船をこぐ「漕ぎ」ではなく、神に祈って許される「許」、農事などの記述を意味する「芸」を意味します。出征する兵士たちは皆、日頃は菜を作る農民です。

国防の最前線にいる男たちの熱き想い

憶良らは今は罷らむ子泣くらむ　それその母も我を待つらむぞ（山上憶良）

この歌は、古来読み方が難しいとされてきた歌です。

宴会から先に帰ろうとして詠んだ歌ですが、特に「其彼母毛」の読み方をめぐっては、「その子の母も、それその母も、そもその母も」など様々な読み方が提唱されていて結論がでていません。

山上憶良は四十歳を過ぎてから第七次遣唐使の少録《ころく》に任ぜられ、七〇二年に唐に渡った経験を持ちます。帰国後の七一四年に従五位下に叙爵《じょしゃく》し、伯耆守《ほうきのかみ》、筑前守《ちくぜんのかみ》などを歴任後七十歳で帰京し、まもなく病死したといわれています。有名な歌に「貧窮問答歌《ひんきゅうもんどうか》」があります。

【山上憶良が宴《うたげ》から罷《まか》るときの歌一首】

✽山上憶良臣罷宴歌一首

憶良等者
今者将罷
子将哭
其彼母毛
吾平将待曽

おくららは
いまはまからむ
こなきゆき
そのこのははも
あをまちゆくぞ

これにて憶良《おくら》めは
高貴な皆様のお席から下がらせていただきます
我が家で君主のように威張っている我が子と
その子の母も
私の帰りをいまかいまかと待っています

◎歌の意味　本当はこう読み解ける！

【山上憶良が宴から罷《まか》るときの歌一首】

これにて憶良めは、高貴な皆様のお席から下がらせていただきます。なんといっても我が家では、我が屋敷のまるで暴君のように泣いて威張っている我が子と、その子の母が私の帰りを、いまかいまかと待っていますので。

◎イケメンで高官だった山上憶良《やまのうえのおくら》

わが国では江戸時代まで、少し田舎《いなか》の方に行けば、つい最近まで、ある程度身分の高い人の主催する飲み会や宴会は、主催の人の家で飲むのが常識でした。いまのように飲み屋さんで宴会をするようになるのは、明治以降、狭い官舎に住む官僚や、宿所で団体暮らしの軍人さんたちが飲食店を多用するようになってからのことで、特に戦後は核家族化が進んで、家屋敷も若夫婦と子供だけの少数世帯用に小さくなってからの、日本の歴史からいったらほんの最近の構造変化です。

この歌は一般の読みでは「憶良めはこれにて失礼します。子供が泣いているし、妻も待っていますので」といった歌で、なにやら山上憶良が、子煩悩《こぼんのう》で、仕事より家庭を優先する、やや気弱な姿のように描かれがちです。

しかし歌をよく見ると、泣いているわが子に「将」という字を使うなど、武骨ながらもどこか愛嬌のある憶良の姿が浮かんできます。そもそも山上憶良は筑前守《ちくぜんのかみ》です。その意味では大宰府《だざいふ》の帥《そち》《長官》を除いては、そこに山上憶良よりも上の身分の人はいません。要するに筑前では一番偉い人です。ところがこの歌には、偉ぶったところがまったく感じられません。

その山上憶良は、遣唐使として派遣された経験を持つ人です。この時代、唐の国では日本人のことを、背の低い人、小さい人を意味する「倭《わ》」と呼んで蔑《さげす》む傾向がありました。人が軽んじられるということは国が軽く見られることであり、国が侮《あなど》られることは、そのまま国や国の人々の地位を下げ、国家の存続と民衆の安心と安全を損《そこ》ねることです。このため当時の朝廷は、遣唐使として派遣する人は、全員、背が高くて文武《ぶんぶ》に秀《ひい》で、顔立ちも良くて性格も良い人を選びました。このため唐の国では倭人がよくモテたそうです。ということは山上憶良も遣唐使の一員ですから、背が高くてイケメンで文武に秀でて性格の良い人であったわけです。

◎俺たちは女性や子供たちの幸せを護《まも》るためにここにいる

この歌は、大宰府における宴会のときの歌ですが、大宰府は国防の最前線であり、武《ぶ》骨《こつ》な男たちの集《つど》うところです。その男たちの宴会で、「子供が泣いていますので、お先に失礼します」では、やや女々《めめ》しい感じがします。

そうではなく、堂々と憶良は「これで帰りますぞ」と言い、半《なか》ば冗談めかして「子が泣き、妻も待っていますので。わはは、子供は我が家の暴君ですからな」と笑ってお先に失礼するわけです。聞いた男たちが言います。

「憶良様はいつから愛妻家になられたのですか？」

「今頃わかったか。わはは。女房子供は俺の宝物だ」

「なるほど。私たちはそういう妻や子を護るために、この大宰府にいるのですね」

「そう思ってあらためて読むと、筑前守のこの歌、なかなか良いですね」

「じゃあ、もったいないから中央に送ってみるか。中央の奴ら、この歌の心意気がちゃんとわかるかな」

「そりゃ、わかりますよ。人麻呂《ひとまろ》様もおいでですし」


実際にそんな会話が交わされたかどうかは別として、すくなくとも、自分たちは「女性や子供たちの幸せを護《まも》るために、この大宰府に詰《つ》めているのだ」という自覚と誇りは、いまも昔も変わらぬ国防に従事《じゅうじ》する日本男児の心意気です。

▼原文

【山上憶良臣罷宴歌一首】

憶良等者　今者将罷　子将哭　其彼母毛　吾乎将待曽

▼用語解説

憶良等者《おくららは》……「等」は一般には複数の人たちを表すが、自分を表す名詞に付いた場合は卑下の意味を表わします。

今者将罷《いまはまからむ》……「将」は自分よりも目上の統率者、「罷」はやめることで、「将罷《まからむ》」は、高貴な人のもとから下がる意です。

子将哭《こなきゆき》……これで「子哭《な》くらむ」と読むものがありますが、「将」を推量の「らむ」と読むのは賛成できません。むしろ子を大将に見立てることで、歌に楽しさをかもしだしていると読むべきです。

吾乎将待曽《あをまちゆくそ》……「曽」は器を重ねた象形で、そこから「重なる」意味を持ちます。つまり

「重ね重ね待っている」と強調しています。現代風にいえば「いまかいまかと待っている」といったニュアンスです。

コラム　天皇のご心配を気遣う額田王

万葉集巻四に額田王《ぬかたのおほきみ》の「近江天皇を思って作る歌」という歌があります。

「君待《きみま》つと我《あ》が恋《こ》ひ居《を》れば我《あ》が宿《やと》の簾《すだれ》動《うご》かし秋の風吹く」という歌です。近江天皇《おほみてんのう》というのは天智《てんち》天皇のことで、歌も一般に「額田王が天智天皇を待って恋心に身をもんでいると、秋風で家の簾《すだれ》が動きましたわ」といった意味だといわれています。だからこの歌は、額田王が天武天皇との間に子がありながら、兄の天智天皇と通じたことの証拠だといわれたりしています。

なるほど題詞には「思近江天皇《おほみてんのうおもひて》」と書いてあるのですが、ひとつ注意が必要なことは、この時代は「言葉が常に相手の立場に立って用いられた」ことです。つまり現代風の「思う」とこの時代の「思う」では、主語が逆になります。

似たような用例は、いまでも使われることがあります。

子供が友だちの家から帰るときに、明日《あした》また遊びに「来るね」と言います。本当は自分の家から友だちの家に遊びに「行く」のですが、友だちの視点に立って「来る」というわけです。思うも同じで、「A思B」と書いてあれば、Bの思いをAが受け取っていることになります。この歌ではBが天皇です。思っているのは天智天皇であって、額田王ではありません。そして「天皇の思い」といえば、国家最高権威として国を思う大御心です。原文は「額田王思近江天皇作歌」と書かれているのですが、これは「近江天皇のご心配を額田王が気遣って詠んだ歌」という意味になります。

歌を見ると、「君待登　吾戀居者　我屋戸之　簾動之　秋風吹」と書かれています。「君」とは額田王からみての目上の人を意味し、題詞でも特定されていますから、この場合、明らかに天智天皇です。「登」は、この時代は通い婚の時代です。天皇が妻のもとに通《かよ》われることを「登る」とは決して言いません。つまり「君待登」は、「天皇がお待ちになっているので、私が禁裏に登ろうとした」という意味になります。

次に「吾恋居者《あかこひをれは》」というのですが、「恋」はこの時代、必ずしも男女の恋を意味しません。恋の旧字は「戀」で、言葉の糸がからまるように、もつれる心を意味する漢字ですが、大和言葉で「こひ」といえば、「こ」は子、「ひ」は霊《ひ》のことですから、女性の胎内にできる子に、霊を授けることをいいます。ですから男女の同衾《どうきん》も、神聖な神事のひとつと考えられてきたのです。つまり「こひ」は「厳粛な神事」です。英語の「Make Love」と混同された現代用語の「恋」と、この時代の「こひ」では意味が異なるのです。「居」は腰掛けて座っている人の象形ですが、額田王は霊力のある女性といわれていますから、天皇からのお呼び出しとなれば、何らかの神託を求められてのことでしょう。からまった糸のようにもつれた問題を神託によって解いた答えを天皇がお求めなのですから、その神事と、禁裏《きんり》に登る準備のために額田王は家に居るわけです。

すると、わが家の戸の簾《すだれ》を動かして秋風が吹きます。

実は筆者は友人たちと靖國神社への参拝を毎年行っているのですが、拝殿から本殿に移り、そこで頭《こうべ》を垂《た》れて黙禱《もくとう》を捧《ささ》げると、毎回、一緒に参拝した全員になんともいえない心地よい風が頬《ほほ》や額《ひたい》をフワリと駆《か》け抜け、なぜか本殿の真ん中の緞帳《どんちょう》《簾《すだれ》のこと》がひとつだけ、風もないのにゆるゆると動きます。これは靖國神社に祀《まつ》られる英霊《えいれい》が、「来てくれてありがとう」と、喜んでくださっている印《しるし》なのだそうです。その風がこの歌では「秋風」と表現されています。

夏の猛暑のあと、季節が変わって吹く秋風は、心地よい風の代表です。つまりこれは吉兆です。額田王は、天智天皇の思い《ご心配》に、「吉兆がありましたよ」と、笑顔でお答えになっておいでなのです。

第四章

民衆こそが宝、豊かで教養ある日本

女性の教養と施政者の心

ますらおと念へる吾や水茎の　水城の上に涙拭はむ（児嶋と大伴旅人）

ここでは四首の歌をまとめてご紹介することになります。

児嶋《こじま》の歌が二首、大宰府《だざいふ》の長官だった大伴旅人《おほとものたびと》の歌が二首です。遊女《うかれめ》の児嶋が、これから都に向かって大勢の部下たちとともに出発する大伴旅人に歌を贈り、これに大伴旅人がわざわざ行列を停《と》めて歌を返しています。そこから古来、この歌問答には様々な解釈がなされてきました。

それは天平二年の十二月のことです。新暦ですと七三一年一月になります。大宰府の長官だった大伴旅人が、このとき大納言《おほいものまうすのつかさ》に昇進《しょうしん》し、その辞令を受けるために京の都に上りました。いよいよ大宰府を出発し、行列が水城《みづき》のあたりまでやってきたとき、大伴旅人のところに、遊行女婦《うかれめ》の児嶋から二首の歌が届けられました。

この歌を読んだ大伴旅人は、乗っていた馬を水城に駐《とど》めて大宰府の館《やかた》を振り返りました。そこには大勢の見送りの人たちに混じって児嶋の姿がありました。旅人はそこで二首の歌を返します。

ここで登場する水城は、外濠《そとぼり》を持った土塁《どるい》で、白村江《はくすきのえ》事件のあと、唐軍が日本本土に攻め込んでくる計画があり、これに対する本土防衛ラインとして建設されました。ちなみにこの外寇《がいこう》

大伴旅人

の脅威《きょうい》を、「唐と新羅の連合軍による」と表記するものが多いですが、新羅に実力があるならば、新羅は単独で日本に攻め込んだことでしょう。それがなかったのは新羅には単独で日本に攻め込むだけの実力がなかったことを意味します。

唐は白村江事件のあと、吐蕃《とばん》《後のチベット》との大非川の戦い（六七〇年）に十万の大軍を向かわせながら吐蕃の四十万の大軍の前に大敗し、その方面が忙《いそ》しくなったことから、日本への侵攻は実現しませんでした。

【女性の教養と施政者の心を示す歌四首】

凡有者
左毛右毛将為乎
恐跡
振痛袖乎
忍而有香聞

おほならば　私が普通の人であれば
さもうもせむを　袖《そで》を左右に振って
かしこみと　かしこみながら
ふりたきそでを　痛いほど袖を振りたいところです
しのびてあるかも　でもそれをこらえています

倭道者
雲隠有
雖然
余振袖乎
無礼登母布奈

やまとぢは　都《みやこ》への道は
くもにかくれり　雲に隠れた遠くまで続きます
しかれども　それだけに
あがふるそでを　私が振る袖を
むれとおもふな　決して無礼とは思わないでくださいね

【補記】右《みぎ》は太宰帥大伴卿《だざいふのそちのおほとものかみ》、大納言兼任《だいなごんけんにん》のため京《みやこ》に向ひて上道《かみだち》す。此の日、馬を水城《みずき》に駐《とど》めて府家《ふか》を顧《かへり》み望《のぞ》む。このとき卿を送る府吏《ふり》の中に遊行女婦《うかれめ》あり。其の字《あざな》を児嶋と曰《い》ふ。ここに娘子《をとめ》、この別れの易《やす》きを傷《いた》み、その会ひの難《かた》きを嘆き、涕《なみだ》を拭《のご》ひて、自ら袖を振りこの歌を吟《うた》ふ。

【大納言大伴卿《だいなごんおおともきょう》の和《こた》ふる歌二首】

日本道乃
吉備乃児嶋乎
過而行者
築紫乃子嶋
所念香裳

大夫跡
念在吾哉
水茎之
水城之上尓
泣将拭

やまとぢの
きびのこじまを
すぎゆかば
つくしのこじま
おもほゆるかも

ますらをと
おもへるわれや
みずくきの
みずきのうえに
なみだのごはむ

日本男児の行く道です
これから吉備《きび》の国の児嶋郡も通ります
そのときはきっと
筑紫《つくし》で小さな肩を震《ふる》わせた
児嶋、おまえのことを心に刻《きざ》んで思い出すよ

日頃から男らしくありたいと
ずっと思ってきた私だけれど
こうして歌を贈《おく》ろうと筆を持ち
水城《みずき》の上に立ちながら
流れる涙を止めることができません

◇歌の意味　本当はこう読み解ける！

【女性の教養と施政者の心を示す歌四首】

【題詞】天平二年の十二月《新暦七三一年一月》、大宰府《おほみこともちのつかさ》の長官であった大伴旅人《おおとものたびと》の卿《きみ》が、大納言昇進の辞令を受けるために京の都に上ることになりました。このときにある娘子《いらつめ》が詠んだ二首の歌です。

もし私がうかれめではなくて普通の女なら、おもいきり袖《そで》を左右に振って、それはとってもおそれおおいことですけれど、もう、痛いほど袖を振りたいところです。でもそれをじっとこらえているのです。

大伴旅人様の都《みやこ》への道が、雲に隠れた遠くまで続いているのだとしても、私が振る袖を決して無礼《ぶれい》などと思わず、どうかご無事でお帰りくださいませ。

【補記】実はこの二首の歌は、大宰府の長官の大伴旅人卿が、大納言に兼任で任官を受けて京の都に向かおうとされたときの歌です。大伴卿は、大宰府の門を出たあと、馬を水城のところに駐《と》めて大宰府を振り返りました。すると大宰府の門前で大伴卿を見送る人々の中に、遊行女婦《うかれめ》と呼ばれる神事のための旅の舞踊家の女性がありました。名前を児嶋《こじま》といいます。その女性は大伴卿への恩顧《おんこ》から、卿《けい》とのお別れがあまりに簡単であることを痛んで、涙をぬぐいながら袖《そで》を振っていました。これを見た大伴卿は、その娘の歌に和《なご》やかに答えて、次の二首の歌を詠まれました。

【大納言大伴卿が和《こた》えて詠んだ歌二首】

別れは惜しいが旅立ちは日本男児の行く道です。そういえば、旅の途中で吉備《きび》の国の児嶋郡を通ります。そのときはきっと、この筑紫《つくし》で小さな肩を震わせて泣いていた児嶋、おまえのことを心に刻《きざ》んで思い出すよ。

私はね、日頃から男らしくありたいとずっと思ってきました。日本男児は泣くものではない。そう思い続けてきました。その私がいま、こうして君に歌を返そうと筆を持って水城《みずき》の上に立ちながら、流れる涙を止めることができないでいます。

◇神々との対話は女性の役割

この時代の遊行女婦《うかれめ》という言葉は、後にこれが詰《つ》まって「遊女（ゆうじょ・あそびめ）」という言葉になりました。けれども後の世の「遊女」と、この時代の「遊行女婦」では、その意味がまったく異なります。

なぜならこの時代の「遊行」は、鎮魂《ちんこん》や招魂《しょうこん》のための歌舞《かぶ》のことをいうからです。また「舞」は神々との対話のためのものでした。

これは神話に依拠《いきょ》していることです。舞踊の事始めが天宇受売《あめのうずめ》神です。天宇受売《あめのうずめ》というご神名は、天照大御神《あまてらすおほみかみ》の側近にあって天照大御神のお言葉を下々に伝え、また下々の声を天照大御神に取り次ぐお役目という意味です。ですから「受け売り＝受売《うずめ》」と書いてあります。天《あめ》の石屋戸《いはやと》神話においても、石屋戸の向こうからの天照大御神の御下問《ごかもん》を承《うけたまわ》って直接御返事をなされているのが、天宇受売神です。男性神たちが口をきけるのは、天宇受売神まででしかありません。そしてその天宇受売神は、この天の石屋戸の前で舞を披露《ひろう》した神様でもありました。

その天宇受売神の舞というと、あたかもヌードダンスのようなものであるかのように紹介しているものを見受けますが、古事記の原文は「裳《も》の紐《ひも》を女陰《ほと》に垂《た》らして踊った」と書いていています。裳は中世までの宮中などの女性たちが後ろにひきずって歩く袴《はかま》のことですから、今風にいえば、単にハカマの腰紐《こしひも》を前に垂らして、その紐を揺《ゆ》らしながら踊ったという描写であって、どこにも淫《みだ》らな裸踊りとは書いてありません。

そしてこの天宇受売神は、天孫降臨のときに迩々芸命《ににぎのみこと》と共に高天原から地上に降り立ち、地上において国津神《くにつかみ》の猿田彦《さるたひこ》と結婚して「猿女君《さるめのきみ》」と名前を変えています。これがわが国の女性が結婚して苗字が変わる事初《ことはじ》めになります。この猿女君の舞踊が、後に猿楽《さるがく》と呼ばれて、その後の宮中舞踊や神楽舞《かぐらまい》、里神楽《さとかぐら》などとして発展し、またこの猿楽から能楽《のうがく》や歌舞伎《かぶき》が生まれています。要するにもともと舞は、神々に捧げる神舞《しんぶ》であり、その神々と対話するのが女性の役目であったわけです。ちなみにお神楽《かぐら》には男性が舞《ま》う踊《おど》りもありますが、男性の神楽は、主に神事の説明や、神話の物語の紹介を目的とする舞です。女性の巫女《みこ》さんたちが舞う神楽は、主に神様に捧《ささげ》る舞です。天宇受売神以来、神様と直接対話できるのは、女性だけにゆるされた特権だからです。

◇ホームの陰《かげ》で泣いていた

大伴旅人と児嶋という女性のこの歌の応酬が、そのまま旅人と児嶋が深い関係であるかのように妄想《もうそう》しているものをみかけることがありますが、賛成できません。戦前戦中に兵隊さんたちの間で歌われていた兵隊節に『海軍小唄（ズンドコ節）』がありますが、そこで歌われる「可愛いあの子」と出征する兵隊さんは、別に深い関係というわけではありません。

《参考》海軍小唄（ズンドコ節）の歌詞

(1) 汽車の窓から手をにぎり
送ってくれた人よりも
ホームの陰で泣いていた
可愛いあの娘《こ》が忘らりょか

(2) 花は桜木人は武士
語ってくれた人よりも
港のすみで泣いていた
可愛いあの娘が目に浮かぶ

(3) 元気でいるかと言う便り
送ってくれた人よりも
涙のにじむ筆のあと
いとしいあの娘が忘られぬ

万葉集にあるこの大伴旅人と児嶋という女性の歌は、まさにこの唄と同じ日本男児の心を歌っています。ズンドコ節に唄《うた》われたホームの陰や港の隅で泣いていたり、涙のにじむ筆跡の手紙を書いてくれた女性と、送られた兵隊さんは、別に深い仲とばかりは限りません。惹《ひ》かれ合っていたかどうかさえもわからない。けれど、いざ遠方に出仕《しゅっし》となったとき、そっと涙を拭《ふ》いてくれている。そんな女性を、心の底からいじらしいと思う日本男児の心。それは思いやりの心であり、人を愛する心です。みんな家族です。

◇ひとりひとりを人として慈《いつく》しむ

この歌の応酬のときの大伴旅人は、最愛の妻を亡くしてまだ日も浅いときです。もちろん側女《そばめ》を何人おいても構わない時代のことではありますが、すくなくともこの歌の応酬から、大伴旅人と児嶋との間に深い関係は感じられません。むしろ旅のお神楽《かぐら》芸人として、神事を行ってくれた美しい女性が、まったくそんなに深く話したことも接したことさえもなかったのに、わざわざ旅立つ自分に歌を詠み、涙を流して見送ってくれた。

その歌二首を水城のあたりで届けられた大伴旅人は、下賤《げせん》の歌として、その歌を見ることもなく、そのまま供の者に預《あず》けるだけでもよかったはずです。ところが大伴旅人は見送りの一般女性のその歌を、わざわざ行列を停《と》めて中を読み、筆を手にしてお返しの歌を、それも贈られた歌と同じ二首、丁寧《ていねい》に詠んで児嶋に返しています。もし大伴旅人とこの女性との間に何らかの関係があるのなら、その女性のために私情で行列を停《と》めたことになり、同行する徒士《かち》たちの反感や怒りを買うことになります。同行する誰もが別れを胸に抱《いだ》いているからです。これから都に上る長い旅路です。旅の初めから大将が部下の反感を買うことは避《さ》けなければならないことです。こうした情況を考えれば、むしろ大伴旅人とこの女性との間にはなにもなかったと考えるほうが自然です。

そのうえで大伴旅人は、身分の上下や職業の貴賤《きせん》などにいっさいかかわらず、ひとりひとりを人として慈《いつく》しみ、その気持ちや思いをしっかりと受け止めようとして、わざわざ行列を停めて返歌をしたためています。それこそが人の上に立つ者の使命であり在り方であると思われていたのです。大伴旅人は、一介《いっかい》の、それも地元の人間でもない女性からの歌に、わざわざ行列を停めてまでして歌を返したのです。

わが国は天皇の知《し》らす国です。これは名もない民草《たみくさ》のひとりひとりのすべてが、天皇の「おほみたから」であるとする、国の根幹《こんかん》の形です。身分はそれを実現するために与えられたものです。だからこそ大伴旅人は、その「おほみたから」のひとりの女性からの歌に、ちゃんと歌を返しています。日頃は厳《きび》しくても、そういう、ひとりひとりをとことん大切にしてくださるやさしさのある上司だからこそ、いざというときに部下たちは命がけで戦おうという気持ちになるのです。

◎高いレベルにあった女性たちの教養

一方、児嶋は旅芸人の女性です。娘子というからには若い女性なのでしょう。けれどそんな旅芸人の若い女性が、実に思いやりのある素晴らしい歌を二首も詠み、しかもその歌を漢字で書いただけでなく、その歌を高官である大伴旅人に贈っています。

このことはまず、この時代《八世紀》の女性が、ちゃんと字が書けて、高い教養を身につけていたことを意味します。百年前といわず、いまでも世界には「女性は文字を覚える必要はない」などとしている国や民族もあります。西洋では十八世紀になっても大都市の識字率が男女合わせて一〇％内外であったといわれています。まして女性の識字率となれば一％にも満たない。そんな世界にあって日本では千年以上昔に、旅芸人の若い女性が、歌を読み書きできるだけの教養を備《そな》えていたのです。これはすごいことです。

万葉集にあるこうした庶民の歌が、「そのほとんどは貴族階級の創作だ」という説を唱える人もいますが、それは違うと思います。理由はこの四首の歌の応酬を見ても明らかです。

そもそも大伴旅人は武門の家柄です。そして軍というものが、ただ単に武力を恃《たの》む武骨で乱暴な男たちだけの世界だというのなら、その最前線である大宰府の長官もまた、武威と豪腕を誇る勇ましい男であることを宣伝すべきです。

ところがこの歌では、大伴旅人は、ひとりの見送りの、それこそあまり親しくもない女性の歌に、涙を流して歌を詠んでいるのです。

そういうことが堂々と公《おおやけ》の記録に残せるのは、日頃から、民衆の側に高い民度があり、上に立つ人の思いやりや、あたたかみのある人の心を素直に受け入れることができるだけの教養が備わり、それがごくあたりまえの常識とされる社会が営《いとな》まれていなければ、できないことです。

もし庶民に歌を読む素養などまったくありえないことであり、しかも女性がただの物として扱われるような社会なら、大伴旅人のような武門の長である高官がこのように「娘子の歌に涙を流した」などという歌を読めば、「うちの大将は色ボケの嘘つきだ」と、兵たちから侮《あなど》られることになります。庶民は馬や鹿ではないのです。しかも防人《さきもり》たちは、ある意味、気の荒い武骨者の集まりです。その防人たちに侮《あなど》られることは、大宰《だざい》の帥《そち》としての失格を意味します。まして大納言に昇進などありえないことです。

◇身分と人としての価値は別

もうひとつ、わが国の文化の特徴を申し上げたいと思います。それはわが国では「歌という文化を通じることで、一般の庶民が高官と直接やりとりができるというシステムが整っていた」ということです。

実はこのことは、すこし大げさに聞こえるかもしれませんが、近年のインターネットの普及による組織構造の変化に似ています。私などが若い頃は、大きな組織で現場の平社員が、社長や専務、あるいは本社の部長といった高位高官に何か物申すなど、まずありえないことでした。ところが近年ではメールの発達によって、社長が直接全社員に一斉メールをしたり、あるいは一般社員が直接社長にメールを送るといったことが、ごく普通に行われるようになりました。あるいは政府の閣僚や国会議員、あるいは著名人等にメールして、直接返事をもらったりしたご経験をお持ちの方もおいでかもしれません。

このことは現代社会における情報通信革命の一端とされていることですが、なんとわが国では、古代や中世においてすでに庶民が貴族や高官と直接対話をすることが歌を通じて行われていたのです。もちろん政治上の意思決定は、あくまでもオフィシャルな機構を通じなければなりません。けれども人の思いや心は、庶民であれ、貴族高官であれ、まったく同じであるという認識がわが国には確立されていたのです。

このことは世界の歴史を考える上において実に画期的《かっきてき》なことといえます。なぜなら右のことは、社会秩序のための身分と、人としての価値は、別物と考えられていたことを示すからです。

そしてそうしたことの上に、この歌の応酬が成り立っています。素晴らしいと思います。

▼**原文**

【冬十二月大宰帥大伴卿上京時娘子作歌二首】

凡有者　左毛右毛将為乎　恐跡　振痛袖乎　忍而有香聞
倭道者　雲隠有　雖然　余振袖乎　無礼登母布奈

【補記】

右大宰帥大伴卿　兼任大納言向京上道　此日馬駐水城顧望府家　于時送卿府吏之中　有遊行女婦　其字曰児嶋也　於是娘子傷此易別　嘆彼難会　拭涕自吟振袖之歌

【大納言大伴卿和歌二首】

日本道乃　吉備乃児嶋乎　過而行者　筑紫乃子嶋　所念香裳
大夫跡　念在吾哉　水茎之　水城之上尓　泣将拭

▼用語解説

冬十二月……天平二（七三一）年十二月

凡有者《おほならば》……平凡な普通の人であるならば。

左毛右毛《さもうも》……左も右もですが、わが国では古来、ひ《左》が上、み《右》が下という概念が

あります。《第一章参照》

恐跡《かしこみと》……おそれおおいので。

振痛袖乎《ふりたきそてを》……お別れのために手を振ること。

忍而有香聞《しのびてあるかも》……この場合の「しのぶ」は我慢すること。

倭道《やまとち》……都へと向かう道。

雲隠有《くもにかくれり》……都へと向かうために遠く離れることを、雲に隠れるように見えなくなると表現しています。

余振袖乎《あがふるそでを》……余は、もともと柄のついた刃物の象形。刃物は魔《ま》や膿《うみ》を取り除くことに用いられることから「とりのぞく」意味が派生した字です。娘子がここで自分のことを「余」と述べているのは、いつ取り除かれても《追い出されても》いいような、取るに足らない自分という意味です。

無礼登母布奈《むれともふな》……「私がお別れに、去っていく大伴卿に手を振ることを、決して無礼とは思わないでください」といった意味。無礼を「なめし」と読むものもあるが、その場合「なめしとおもふな」で八文字になるため、「むれ《無礼》とおもふな」と七文字で読むべきでしょう。

【補記】

右大宰帥大伴卿《みぎはだざいふのそちのおほとものかみ》　兼任大納言向京上道《だいなごんけんにんのためみやこにむかひてたびだちす》……題詞の追加でこのときの上京が大納言兼任の昇進のためのものであったことが明かされている。

此《この》日《ひ》馬駐水城顧望府家《うまをみずきにとめてふかをかへりみのぞむ》……馬を水城《みずき》に駐《とど》めて大宰府の館《やかた》を振り返って見た。

送卿府吏之中有《きょうをおくるふりのなかに》……大伴旅人を見送る大宰府の職員たちにまじって。

遊行女婦其字曰児嶋也《うかれめありなをこじまといふ》……遊行女婦《うかれめ》は前出。

於是娘子傷此易別嘆彼難会《ここにをとめこのわかれのやすきをいたみそのあひのかたきをなげき》……別れが易《やす》くて、また会うことが困難かもしれないと。

拭涕《なみだをのごひて》……涙をぬぐう。

自吟振袖之歌《みずからそでをふりこのうたをうたふ》……みずからこの袖振る歌を口ずさんだ。

【題詞】

大納言大伴卿和歌二首……ここでの「和歌」は、「和《こた》へた歌」と読むが、そこには、なごやかに歌で答えたというニュアンスが含まれる。

日本道乃《やまとちの》……はじめの歌では「倭道《やまとぢ》」と書いていたものを、ここでは「日本道《やまとぢ》」と書いています。倭国を改めて日本という国号は大伴旅人よりも前の時代にすでに外交文書にも表記されていますが、ここであえて「日本道」と書いたのは、ただ都に向かう道というだけでなく、「ひのもとにある正々堂々とした男の道」という語感を伴《ともな》わせたものでしょう。

吉備乃児嶋乎《きびのこじまを》……吉備の国は、現在の広島県東部から兵庫県西部、香川県の島嶼《とうしょ》部までを含む広大なエリアです。九州から京の都に向かうには必ず通る道です。一読すれば、吉備の国にある島嶼《とうしょ》ということになりますが、あえて吉備といったのには、「吉《よ》いことを備《そな》え」た児《こ》嶋《じま》の才能を褒《ほ》めたものといえます。

築紫乃子嶋《つくしのこじま》……ここでは児嶋のことをあえて「子嶋」と書くことで、小さな肩をふるわせて別れを惜しむ女性の姿に重ねています。またこれによって女性の肩に肉がないことを彷彿《ほうふつ》させ、児嶋が未婚の若い女性であることまでも読み取れるように工夫されています。

所念香裳《おもほゆるかも》……ただ「思う」や「想う」ではなく、「念」という字は、大切な心臓をすっぽりと覆《おお》った象形ですから、大切なこととして心に含んでいつも思うことを意味しています。

大夫跡《ますらをと》……「ますらを」は、心身ともに人並みすぐれた強い男子のこと。

念在吾哉《おもへるわれや》……大伴旅人は武門の家柄ですから、日頃から「ますらを」でありたいと生きてきたということ。

水茎之水城之上尓《みつくきのみずきのうえに》……水茎《みづくき》は、源氏物語の夕霧に「涙のみづくきに先立つ心地《ここち》」という記述があり、筆のことを指します。次の歌を返そうと、筆を出したけれど、涙をこらえる児嶋の気持ちがいたくひびいて、筆を持つ手と、いま立っている防塁の水城《みづき》の上に、涙がこぼれる、といった意味になります。

第四章　民衆こそが宝、豊かで教養ある日本

日本は古来男女が対等な国

我が背子は物な思ひそ事しあらば　火にも水にも我れなけなくに（安倍女郎）

この歌は「恋の歌」として有名な歌です。安倍女郎《あべのいらつめ》は八世紀はじめの女性という以外、詳しいことはまったくわかっていません。この二首は万葉集の中で相聞歌《そうもんか》に分類していますから、手紙のやりとりの中で残った作品でしょう。安倍氏《あべし》はもともといまの岩手県あたりの一族といわれ、平安時代後期に奥州平泉《ひらいずみ》で栄華《えいが》を極《きわ》めた藤原三代も、この一族の後裔にあたるとされています。

安倍女郎の「女郎」は、これで「いらつめ」と読みます。「いらつめ」は郎女とも書きますが、古代において若い女性に親しみを込めて呼ぶときに用いられました。いまでは「太郎」などというように「郎」は男性にしか使われませんが、この字はもともと座ってくつろいでいる人の象形「阝」と、良い人の意味を持つ「良」を組み合わせた字で、単に「座ってくつろいでいる良い人」を意味する字です。このため万葉集が書かれた時代には「郎」はまだ男性だけを意味する字ではなく、女性にも使われていたわけです。「女郎」であれば、「家でくつろいで座っている良い女」という意味になります。この「女郎」に、昔の人は「いらつめ」という大和言葉を当てたのですが、「い」は神聖《斎》、「ら」は匹敵する《等》、「つ」は集い、「め」は女性ですから、「神聖な場所に集う女性」を意味したこととわかります。単に女性を意味する場合は「め」だけで足りますので、意図して「いらつめ」と呼ぶときは、宮中の女官である采女《うねめ》たちや、神聖な社《やしろ》に勤める巫女《みこ》さん、あるいは国府《こくふ》に勤める女官たちなどに、親しみを込めて用いました。

【夫を愛する妻の歌】

✿安倍女郎歌二首

今更
何乎可将念
打靡
情者君尓
縁尓之物乎

吾背子波
物莫念
事之有者
火尓毛水尓母
吾莫七国

いまさらに
なにをかおもふ
うちなびく
こころはきみに
えにししものを

あがせこは
ものなおもひぞ
ことのりは
ひにもみずにも
われなくになし

いまさら
何を強く思うかといえば
強くなびいた
澄《す》み渡った心情は、夫との
美しいご縁をいただいたことです

私が主人に
漠然《ばくぜん》といま思って
いる事は
火にも水にも
私の知りうる限りの国に比べる人がないこと

です

◎歌の意味　本当はこう読み解ける！

【夫を愛する妻の歌】

いまさらのことですが私が夫に強くなびいた、澄み渡った心情《しんじょう》は夫との美しいご縁をいただいたことです。

いまの私の主人への想いは、火にも水にも勝《まさ》ります。まして夫に比べることができる人など、七国《しちこく》探したってどこにもいませんわ。

◇私が背負った夫

実はこの歌のひとつ前には柿本人麻呂《かきのもとのひとまろ》の妻の歌があって、その歌は「命ある限り君(夫)のことを忘れない」という歌になっています。続くこの二首も安倍女郎の、やはり夫を愛する妻の歌です。これはとても素敵なことです。

わが国が神話の時代から希求《ききゅう》した国の形は「家族国家」です。天下万民がひとつ屋根の下で暮らす家族のように、互いに慈《いつく》しみ、思いやりの心をもって、信頼しあうことができる国になっていく。このことがわが国が世界でもめずらしい「騙《だま》す人と騙される人がいたら、騙す人の方が悪い」ということを国民的常識として共有することができる国の基礎を形作っています。

ですから男女の関係においても、夫と妻が、互いに尊敬しあい、協力しあってその時代を担い、次の世代となる子を育てていく。男女が結ばれる恋愛も大事ですが、むしろ大事なのは結ばれたあとのことで、長い歳月をかけて子を産み育て、祖父母、両親、夫婦、子、孫たち、一族みんなで幸せに暮らしていくことが大切とされてきたのです。結ばれるまでも大切ですが、結ばれたあとには、何十年もの夫婦の暮らしがあるのです。だからこそ「夫に比べることができる人など、七国探《しちこく》したって、どこにもいません」と、ここまで断言できるだけの人と出会い、生涯を共にできることは、本当に幸せなこととといえるのです。

その幸せは、実は、天から降ってきたり誰かが与えてくれたり、あるいは夫の人格がたまたま良かったということではなくて、夫婦で協力して築いていくものです。そのためには、夫婦ともに日々成長していくことが必要です。安倍女郎の「七国探しったって、どこにもいません」という言葉は、裏を返せば、「七国探したって、どこにもいないような、そういう夫婦になりましょうね」という願いであり決意であるのです。だからこそこの歌ははじめに「吾背子波《あがせこは》」と詠んでいます。「背子《せこ》」というのは、自分が生涯、背負《せお》った人という意味です。

◇神様とのお約束

古事記において、結婚の事始めはイザナキとイザナミという、最初の男女神にさかのぼります。二神は淤能碁呂島《おのごろじま》に降り立ち、互いに結婚の意思を確認すると、太い立木《たちき》を天《あめ》の御柱《みはしら》に見立て、その木を世界をおおう神《八尋の殿》に見立てて木を回ります。これは神々の前で、男女双方の御魂《みたま》を結ぶ神事です。いまでいうなら婚礼《こんれい》の儀《ぎ》です。そして婚礼の儀によって神様の前で魂《ひ》を結びます。ですからその男女は後日、たとえ身《み》が離婚することになっても魂《ひ》は元の配偶者と結ばれたままになります。魂《ひ》の結びは神様との約束だからです。ですから平安時代くらいまでは再婚後も、初婚の男性の姓を生涯名乗りました。平安中期の女性で和泉式部《いずみしきぶ》がいますが、彼女は再婚しても名前は最初の旦那の和泉のままです。神様との約束は、そこまで大切にされてきたのです。

こうした伝統から、戦後しばらくくらいまでは、戦争で夫が亡くなると、妻は夫の実家に帰りました。自分の生家には帰らないのです。しかし男女とも、最初から完成された人格の人など世の中にいません。だからこそ、背子と思って生涯、夫婦でともに努力しあって、互いを慈しみ、幸せを築いていくしかないとされたのです。

◇「めおと」は妻夫、男女は対等

ちなみに夫婦のことを、むかしは「めおと」と言いました。漢字で書いたら「妻夫《めおと》」です。何ごとも妻が先、夫が後です。もう少し言うと奈良平安の昔から、江戸時代に至るまで、給金や俸禄《ほうろく》は家に支払われるものとされてきました。外で働くのはもちろん夫ですけれど、その給金は働いている夫に支払われるのではなく、その家に支払われたのです。その給金《多くの場合お米》の管理は、内政一切を任《まか》せられた妻の仕事です。夫は妻から小遣《こづか》いをもらって酒を飲むわけです。

このような習慣は、大国の中では、世界中どこにもありません。日本では、古代からずっと男女は互いに対等な存在だったのです。

▼原文

【安倍女郎歌二首】

今更　何乎可将念　打靡　情者君尓　縁尓之物乎

吾背子波　物莫念　事之有者　火尓毛水尓母　吾莫七国

▼用語解説

何乎可将念《なにをかおもふ》……「何乎可」で「なにをか」と読みます。「念」は単に思うことをいうのではなく「いまの心、いまの思い」を表します。ここでは「将《まさ》にいまこの瞬間に思っていること」の意。一般に「将」を「はむ」と読むものがありますが、そうすると「なにをかおもはむ」で八文字になるため賛成できません。

打靡《うちなびく》……「打」は手で丁《釘》を叩く象形で、動詞の上に付く場合には下の動詞を強調します。その動詞が「靡《なびく》」ですから「強くなびいた」という意味。

情者君尓《こころはきみに》……「情《こころ》」は心が青く澄み渡る意。「君」は大切な人、夫、上司など、目上の人を表します。

縁尓之物乎《えにししものを》……「縁《えにし》」は糸《＝布》＋象《垂れる》で、布の端のふちやへりを意味します。それらが物の端《はし》にあることから派生して、縁《えん》などを意味するようになりました。一般に「縁尓之」を「えにし」と読むものがありますが、「尓之《にし》」は旧字で書けば「爾之」で「爾」は美しい花のことです。そこから「美しいご縁」という意味をもたせて「縁爾《えにし》」と書いています。

吾背子波《あがせこは》……「吾」は祭壇の前で神のお告げを聞く象形、「背子《せこ》」は、自分が背負った夫のこと。結婚は神様の前で御魂を結ぶ行事ですから、ここは「神様の前で魂を結んだ夫」を意味します。

物莫念《ものなおもひそ》……「莫」は日暮れの草むらの象形で、漠然《ばくぜん》としたもの。「念」はいまこの瞬間の思い。

事之有者《ことのりは》……これを「ことしあらば」と読むと六文字になってしまいます。本来は五文字ですから「こと《事》の、り《有》は」と読みます。意味は「そこに有ること」です。

火尓毛水尓母《ひにもみずにも》……「火にも水にも」と訳しますが、原文では「〜も」を「毛」と「母」とに使い分けて用いています。毛は生物の毛なので、体全体を火にする、つまり「心を火にしても」というニュアンス、母は女という字の胸に乳二つを「ゝ」で書き込んだ字で、水を母にたとえているのですから、「やさしい思いやりのある水のように澄んだ水」の意となります。

吾莫七国《われなくになし》……「莫」は太陽が草むらの向こうに沈む象形。「七国」は七つの国という意味と、音の「なくに」から「無いのに」の意味を重ねています。この場合「無かれに莫《な》し」となり、無いことがないのですから「ある」ことになり、そこから拡大して「私がついています」といった意味になります。ちなみに「七国」の用例として「赤児のうちは七国七里《ななくにななさと》の者に似《に》る」ということわざがあります。数詞《すうし》の八は「かぞえきれないくらいたくさん」を意味しますが、七はそのひとつ手前ということで「知りうる限りの、見渡す限りの」といった意味に使われます。赤ちゃんのうちは、いろんな人に似ているということのことわざも、「知りうる限りのみんなに似ている」といった意味になります。その意味から「七国に莫《な》し」は、「私の知りうる限りの国にありません」と述べていると読み解けます。読みも「われなくになし」なら七文字になります。

第四章　民衆こそが宝、豊かで教養ある日本

天皇の大御心は常に民を想う

籠よみ籠もち　ふくしもよみふくしもち　このをかに菜つます児（雄略天皇）

実はこの歌は、万葉集の巻一の一番に掲載されている歌です。どんな書き物でもそうですが、はじめの書き出しにはとても気を使います。歌集であれば、その初めの一首にどの歌を持ってくるかは、すくなくとも作者にとっては、とても重要ですし気を使うものです。まして言葉そのものを愛する和歌のための歌集です。

ところがこの歌の解釈として一般によく紹介されているものを見ますと、おおむね次のように書かれています。

「籠《かご》も良い籠を持ち、ふくしも良いふくしを持つ、この岡で菜《な》をお摘《つ》みの娘さんよ、あなたの家を聞きたいから名乗っておくれ。大和の国はことごとく私が統《す》べている国だ。すみからすみまで私のものだ。わたしこそ告げよう　家も名前も。」

しかしこれではまるで雄略《ゆうりゃく》天皇が「この国は俺のものだ」という権柄《けんぺい》ずくで畑で働いている若い娘さんを口説こうとしているかのようです。歌集の最初の歌が、果たして国家の最高権威《けんい》者が女性をナンパするのにあたり、自分の地位《ちい》を誇示《こじ》するような、なさけない歌なのでしょうか。

雄略天皇（安達吟光）

古代から近世に至るまで、わが国には「身分の高い人は名を隠《かく》す」という伝統がありました。身分ある人には責任があるのです。下の人から見れば、相手が誰だかわからないうちは何の期待もありませんが、相手に身分があり、力をもった人とわかれば、やはり相応の期待を持ちます。身分ある者はその期待に応《こた》えなければなりません。そのための身分なのですから当然です。こうした伝統を背景に、娘さんに「私から家も名前も告げよう」なのでしょうか。

【天皇の大御心《おほみごころ》を示される】

✿万葉集巻一 雑歌　泊瀬朝倉宮御宇天皇代　大泊瀬稚武天皇御製歌

籠毛与
美籠母乳
布久思毛与
美夫君志持

かごもくみ　　新鮮な食べ物の入った竹籠《たけかご》を
うましかごもち　　乳児に乳を飲ませる美しい母に与えよう
ふくしもよ　　永く広く与え続けることを
よきふくしもち　　国の父としての神聖な志にしよう

此岳尓
菜採須児
家吉閑名
名告紗根
虚見津
山跡乃国者
押奈戸手
吾許曽居
師吉名倍手
吾己曽座
我許背歯告目
家呼毛名雄母

このをかに
なとりもとむこ
いへきかな
なはつげたへね
そらをみつ
やまとのくには
おしなべて
あれこそをりて
しきなべて
あれこそいませ
あこそはのらめ
いえこもなをも

この岳《おか》で
菜や木の実を採取している男子たちよ
家とはくつろぎの名
その名はやさしくとどまるところを告げる
巨大で行き届いた
たくさんの人々が往来する大和の国は
果樹の木でできた片開きの戸に手を添えて
私がしっかりと腰を据《す》えて神に祈ろう
主君が素晴らしければ
人口が増えて人手も倍になり
みんなのくつろぐ場所も増えていく
私が神の背に祈りを告げるのは
生活をする男たちや母たちの名です

◎歌の意味　本当はこう読み解ける！

【天皇の大御心《おほみごころ》を示される】

新鮮な食べ物の入った竹籠を、可愛い乳飲み子に乳を与える母のように、永く広く私たちの国に与え続けることをわが国の父としての大切な、そして神聖な志《こころざし》にしよう。野山で菜や木の実を採取している男子たちが家でくつろぐように、誰もがくつろげる国を築いて行こう。巨大で行き届いた、たくさんの人々が往来する大和の国は、果樹の木でできた片開きの神殿に手を合わせて、天皇である私がしっかりと、腰を据えて神々に祈っていこう。国家は主君が素晴らしければ人口が増えて人手も倍になり、みんなのくつろぐ場所も増えていくという。私が神々に捧げる祈りは、わが国で生活する、ひとりひとりの男たちや女たちの名です。

◇非道《ひどう》は許さない

雄略《ゆうりゃく》天皇は五世紀の後半に天皇として御在位された天皇であったといわれています。その雄略天皇は、近年では討伐《とうばつ》を繰り返した厳《きび》しい天皇というイメージで語られることが多いのですが、次のような逸話《いつわ》が日本書紀に書かれています。

それは雄略天皇がご即位されて八年目のことです。

高句麗《こうくり》が突然新羅《しらぎ》に攻《せ》めてきたので、新羅が任那《みまな》日本府に助けを求めてきました。任那日本府では、これはたいへんと援軍を送って高句麗を討ち破りました。

事態が明らかになったのは、この後のことです。

雄略天皇は、紀小弓宿禰《きのおゆみのすくね》と蘇我韓子宿禰《そがのからこのすくね》を呼び、「新羅はこれまで朝貢《ちょうこう》をしていたのに、朕《ちん》が即位《そくい》してからは対馬を奪おうとしたり、高句麗のわが国への朝貢の邪魔をし、あるいは百済《くだら》の城を奪《うば》い、わが国への朝貢さえも怠《おこた》っている。狼《おおかみ》の子のように人に慣《な》れ従わず、ともすれば危害を加える心を持っており、飽食《ほうしょく》すれば離れ、飢《う》えれば寄ってくる。よろしく攻《せ》め伐《か》って天罰をくだせ」

こうして宿禰《すくね》らは進軍し、またたく間に新羅を討ち破りました。

◎民の幸せこそ国家の幸せ

右は日本書紀の記述ですが、そこには「高句麗もわが国に朝貢していた」と書かれています。これは当時高句麗を含めた朝鮮半島全体が倭国《わこく》の傘下《さんか》に入っていたことを意味します。流れからすれば、高句麗が新羅に攻め込んだのも、新羅が高句麗の倭国への朝貢のための使節《しせつ》を襲《おそ》うという不法行為が先にあったからだったのに、人の良い任那《みまな》日本府は、新羅にすっかり騙《だま》されて被害者である高句麗に攻め込んでしまっていたのです。事態を知った雄略天皇は、新羅を攻めて正しい道を示されたわけです。

そして雄略天皇は、新羅によってさんざん痛めつけられていた百済の再興《さいこう》にもご尽力《じんりょく》されました。

この雄略天皇の御遺詔《いしょう》には、「天下は一つ家にまとまりカマドの煙がよく上がっている《原文：方今区宇一家煙火万里》」と書かれています。ここでもまた本書のトップでご紹介した第十六代仁徳《にんとく》天皇の御遺徳《いとく》がお手本とされているわけです。

雄略天皇のことをここでは「大泊瀬稚武《おほはせのわかたけの》天皇《すめらのみこと》」と書いています。「大」は偉大な、「泊瀬《はせ》」は雄略天皇が営んだ泊瀬朝倉宮《はせのあさくらのみや》のこと、「稚武《わかたけ》」は、「稚」が禾偏《のぎへん》が稲穂で、隹が小さなスズメの象形ですから「小さな稲穂」であり、そこから派生して臣民を意味します。「武」は「たける」で、竹のようにまっすぐにすることです。つまり大泊瀬稚武天皇は、「長谷《はせ》の宮で小さな稲穂たちである臣民たちのために、世の中の歪《ゆが》みをまっすぐに立て直された偉大な天皇」というお名前です。

◇乳飲《ちの》み子の命を大切にするお志《こころざし》

歌の初句は「籠毛与美籠母乳《かごもくみうましかごもち》」で、これは「新鮮な魚の入った竹籠を乳児に乳を飲ませる母に与えよう」といった意味になります。乳飲み子を抱える母親は体力を付けるためにタンパク質の摂取《せっしゅ》が欠かせません。ずっと後の時代になりますが、江戸時代の上杉《うえすぎ》鷹山《ようざん》は、藩内の各家庭の下水用の枡《ます》で鯉《こい》を飼《か》うことを奨励《しょうれい》しました。当時の下水は、台所などの排水を、家の外の地面に掘った枡《ます》に貯《た》め、自然に地面に吸い込ませる仕様《しよう》でした。いまのように台所等で化学物質が使われていないため、清潔さも安全も、それで保《たも》たれていたのです。その下水用の枡で鯉を飼ったのです。鯉は雑食性で何でも食べます。残飯などを喜んで食べてくれるので、とっても太ります。そして女性が妊娠したら、この鯉を食べることで妊婦の栄養を補給しました。こうして鯉が普及した結果、そこから生まれたのが錦鯉《にしきごい》です。

歌にある竹籠も、魚の入れ物です。これで塩分とタンパク質を補給《ほきゅう》したわけです。それを子を産み育てる女性に充分に摂《と》ってもらおうとする雄略天皇のやさしい大御心が示されています。

そしてこうしたことを、「国の父としての神聖な志にしよう《美夫君志持》」と述べられています。

◇娘さんに声をかけているのではない

歌は「此岳尓菜採須児」と続くのですが、ここを「この丘で菜《な》を摘《つ》んでいる娘さん」と訳すことで、なにやら雄略天皇が女性を口説く歌のようにいわれているのですが、「児」の旧字は「兒」で、これは総角《あげまき》といって男子児童の髪型の象形文字です。つまり「児」は男の子のことをいっているのであって、娘さんを意味する字ではありません。「家吉閑名《いへきかな》」も、原文は「聞く」ではなくて「閑《かん》」と書いてあります。「閑」は「閑話《かんわ》休題《きゅうだい》」の「閑」であって、これは観音開きの門に木製の柵を設けた象形文字です。外部から余計なものが入ってくるのを防いで、家でゆっくりとくつろぐことを意味する漢字が「閑」です。要するに日頃、菜を摘《つ》んで働いている国民が、家でゆっくりくつろげるような、安全で安心できる国作りをしようと述べているのです。娘さんを口説いているのではありません。

しかしそんな家でも、家に外敵が侵入してきたら、ゆっくりできません。ですからしっかりと武を建てる。それが「虚見津山跡乃国《そらをみつやまとのくに》」です。「虚」は巨大な丘、「見」は物事をはっきりと見定めること、「津」は水辺で筆を持つ人がなにかの書付《かきつけ》をしている象形です。つまりわが国に悪いものが入ってこないようにしっかりと監督するというのです。

この歌も巷間《こうかん》いわれているものとはまったく異なる解釈になってしまいました。

しかし、「万葉集が用いている漢字には、仮字、訓語、借訓、戯書の四種があり、仮字以外は、漢字の意味を用いて歌が書かれている」と江戸時代末期の春登上人《しゅんとしょうにん》著『万葉用字格』も書いています。万葉集は、漢字の意味を勘案《かんあん》しながら、大和言葉《やまとことば》の世界を描いているのです。

▼原文

【万葉集巻一雑歌　泊瀬朝倉宮御宇天皇代　大泊瀬稚武天皇御製歌】

籠毛与　美籠母乳　布久思毛与　美夫君志持　此岳尓　菜採須児　家吉閑名　名告紗根

虚見津　山跡乃国者　押奈戸手　吾許曽居　師吉名倍手　吾己曽座　我許背歯告目　家呼毛

名雄母

▼用語解説

泊瀬朝倉宮《はせのあさくらのみや》……雄略天皇が営んだ都。

御宇《みう》……天皇の御在位期間。

大泊瀬稚武天皇《おほはせのわかたけのすめらのみこと》……雄略天皇。

御製《おほみうた》……天皇が詠まれた歌。

布久思《ふくし》……植物を掘るときに使うへら。

紗根《たへね》……「紗」はやわらかでやさしい薄絹、「根」はとどまるところ。

コラム 山上憶良が示した国司《こくし》の使命

◆子を思う歌

万葉集に山上憶良の「瓜《うり》食《は》めば子供思ほゆ　栗《くり》食めばまして偲《しめ》はゆ　いづくより来たりしものそ」という歌があります。一般にはわが子可愛さを詠んだ歌だといわれています。ところが原文を読むと、実はそうではないことに気付かされます。

まず題詞には、「お釈迦様はありがたいお言葉で、民衆は等しくお釈迦様の嫡子《ちゃくし》の羅《ら》睺羅《ごら》と同じであり《釈迦如来金口正説、等思衆生如羅睺羅》、愛するのは子にすぎるものはないと仰《おお》せである《又説愛無過子》。いわんや世間の人々は、誰が子を愛さない者などいようか《況乎世間蒼生誰不愛子乎》」と書かれています。要するに世間一般に、誰もが子を愛していると述べているわけです。

そのうえで山上憶良は、歌で、

瓜《うり》食《は》めば　子供思ほゆ
栗《くり》食めば　まして偲《しの》ばゆ
いづくより　来たりしものぞ
まなかひに　もとなかかりて
安眠《やすい》しなさぬ

《ウリを食べると子供を思う。栗を食べるとなおさら偲《しの》ばれる。どこから来たのか眼前に、むやみにちらついて眠らせないのは》

反歌

銀《しろかね》も　金《くがね》も玉《たま》も　何せむに
優《まさ》れる宝《たから》　子にしかめやも

《銀も金も宝玉も、どうして優《すぐ》れた宝といえようか。子にまさるものはない》
と詠んでいます。何よりも子にまさるものはないと詠んでいるわけです。

◆丸腰の国司が武装した豪族たちから税を取る

山上憶良は、長く筑前守《ちくぜんのかみ》という国司《こくし》の要職《ようしょく》にあった人です。この時代の国司の最大の仕事は徴税《ちょうぜい》です。そして税は、田畑で働く農民からではなく、地主である地方豪族から取り立てます。当時の地方豪族たちは、どの豪族も武装しています。これに対して国司はほとんど丸腰です。武力を持ち、地方に勢力を張る大地主の豪族から、ほとんど丸腰《まるごし》で税を取り立てるのが国司の仕事であったわけです。

ではどうやって徴税していたかというと、国司は都《みやこ》の高い文化を地方に伝え、豪族たちの子女に教育を与えることで、税を取り立てていました。まさに知性《ちせい》によって治世《ちせい》が行《おこな》われていたわけです。高圧的に上からの命令で武力で徴税し、応じなければ征圧《せいあつ》するというのではなく、文化によって徴税を行う。同時代の世界の中にあって、これは素晴らしい社会システムであったとえます。もっといえば、「あの人が国司なら、頼《たの》まれたら嫌《いや》とは言えないね」といえるだけの人格と教養を国司は兼ね備えていなければならなかったことを意味します。そして国司自身が公正で、どこまでも臣民《しんみん》のため、民衆のため、つまり題詞にある「世間蒼生」のために貢献《こうけん》していると誰もが認める人でなければならなかったわけです。山上憶良のこの「子らを思ふ歌」というのは、そうした思想性、文化性の延長線上に書かれています。

◆わが国は災害対策国家

こうした社会システムが築かれた背景《はいけい》にあるのは、わが国が常に大地震、火山の噴火、台風、大水、稲の病気など、天然の災害にさらされた国土を持つことがあげられます。ひとたび大きな災害が発生すれば、地域の住民のみんなが被災者となってしまうのです。そして農作物が被害を被れば、次にやってくるのは飢餓《きが》であり、飢餓は必ず伝染病の発生を伴いました。つまり身分の上下に関係なく、誰もが飢《う》え、死の危険にさらされたのです。

そうした天然の災害に備えるためには、常に食料の備蓄《びちく》が欠《か》かせません。米は冷蔵庫のない時代にあって、二〜三年の備蓄に耐《た》える食物ですから、まさに備蓄食料として欠かせないものとなったわけです。

一般の庶民である農家の人々は、できたお米の一部を地主に供出《きょうしゅつ》します。地主である豪族は、このお米を責任を持って保管します。いざとなったら、それが村人たちの災害時の備蓄《びちく》食料になるからです。けれど災害の規模が極端に大きく、いまでいうなら県単位《当時は国単位》の大規模災害が発生したときは、地域の豪族たちの備蓄食料だけでは足りなくなります。

この場合は全国規模でお米を動かせる機能《きのう》が社会的に必要です。そのために中央に朝廷《ちょうてい》があり、地方に国司が派遣《はけん》されています。このことは納税《のうぜい》する側から見れば、いざというときには、自分たちが納税した何倍ものお米が支給されることを意味します。つまり納税は災害保険的な意味も持っていたのです。これこそ災害列島で、人々が生きる知恵であったといえることです。

また、天災は天然のものですが、被害は人の力で抑《おさ》えることが可能です。そのためには日頃から大規模な堤防造りなどの災害対策事業をすすめる必要がありますし、被災地の復興《ふっこう》事業も、個人や地方豪族だけの力ではむずかしいことです。こうしたことを中央と地方が共《とも》に一体となって推進《すいしん》していたのが、わが国の基本的な仕組みであり、国柄です。

一般にわが国は「農業国家」であったといわれていますが、言葉足らずだと思います。わが国は国をあげての「災害対策国家」であったのです。

◆人々の安寧《あんねい》を願う国司の使命

こうした環境下にあって、山上憶良は国司としての心得を、この「子らを思ふ歌」に込めています。親ならば、なにがあっても子を守り抜きます。同様に国司は、なにがあっても自分の管轄《かんかつ》エリアの人々を守る。その思いは、親が子を思う気持ちと同じだと述べているのです。憶良のその思いを矮小化《わいしょうか》してはいけないと思います。

こうした思考がどこから来るのかといえば、わが国の神話です。日本の神話では、地上社会での統治は、神々の国である高天原《たかまがはら》と同じ統治《とうち》でなければならないとされています。神々の国での一般庶民といえば八百万《やをよろず》の神々です。これはすべての住民が神であるということです。これと同じ統治を地上で行うということは、民衆を神々と考えて統治せよということです。こうした統治のことを古い日本語で「シラス」といいます。漢字で書くと「知《しらす》」または「治《しらす》」です。天上界の天照大御神の直系のご子孫である天皇によって、すべての民衆は天皇の「おほみたから《大御宝》」とされます。政治権力者は、その天皇に下にある、いわば天皇の子分です。その子分の役割は、天皇の大御宝である民衆が豊かに安全に安心して暮らせるようにすることです。つまり政治権力者からみたとき、天皇と民衆は同じ位置とされたのです。これはすごいことです。

こうした基礎認識の上にたって、山上憶良は、筑前《ちくぜん》の国司として、民衆が子を思う気持ちを最大限大切にする統治の必要を、この歌を通じて描《えが》いています。私たちの国は、そうした先人たちのあたたかい思いの延長線上にあります。

おわりに

万葉集の解釈、いかがでしたか。万葉集は四千五百首もの歌があり、そのどれをご紹介するかは本当に迷うところでした。しかも本となると字数の制限もあって、結局選んだ歌をさらに半分くらい削《けず》ってこの本となりました。

現在の国文学界では、万葉集にある庶民の歌は貴族が庶民の名で詠んだ歌であり、この本でご紹介した大伴旅人も、朝廷の高官たちを恨《うら》んでいて、歌も朝廷への当てつけであったかのような解釈や解説がされていることが多いようです。けれど私たちが万葉集の歌から自然に感じる言霊《ことだま》のメッセージは、そのような憎《にく》しみの歌とは程遠《ほどとお》いものですし、さりとて、戦後の演歌歌謡のような男女の愛だけが詠まれているのだという感覚もありません。

本書の中で繰り返し申し上げていることですが、歌は歌であって、その歌をどのように解釈しようが、それは受け手の自由です。しかしそうはいっても、歌を詠んだ歌人が、どのような思いでその歌を詠んだのか。そこをまずはしっかりと受け止めてみるというのは、先人たちから学ばせていただこうとするときの、最低限の礼儀だと思います。自分の受け止め方が至らないにもかかわらず、いたらない自分を棚《たな》に上げて、真剣に歌を考え、詠んできた歌人たちの歌を頭ごなしに軽《かろ》んじるのは、間違っていると思います。ならば本当のところ、どうなのだろうか。歌はどのような思いやメッセージを伝えているのだろうか、ということを、あらためて、使われている漢字をもとに再解釈し直したものが本書です。

実際にやってみると歌にあるたった四文字を解読するのに、三日も四日もかかったり、せっかく解けたと思った解釈が、あとから全然違うと解釈をまた一からやり直したりと、思った以上にたいへんな作業になりました。けれどその分、万葉歌人たちの歌に込めた本当の思いの片鱗《へんりん》に、すこしでも近付けたのではないかと思っています。

それによって、長年「畑で働いている若い娘さんに天皇が突然名を聞いたかと思えば、この国は俺のものだと権柄《けんぺい》ずくで威張っているような歌」とされてきたものが、「庶民のひとりひとりの暮らしを護るため天皇自らが庶民ひとりひとりのことを神々に祈り続けます」というたいへんありがたい歌であることがわかったり、あるいは天智天皇、天武天皇という二人の天皇に愛された恋多き女性といわれていた額田王の歌の解釈が、まったく違っていて、国をひとつにまとめようとする天智天皇への励《はげ》ましのエールの歌であるとわかりました。

そういえば先日、都内某所で万葉集の講義をした際、右の額田王のことをお話しさせていただいたとき、「額田王が……」と言った途端に、天井のエアコンから、まるで涙がこぼれ落ちるように水がポタポタと落ちてきました。偶然《ぐうぜん》と言ってしまえばそれまでですが、そのエアコンから水が垂れたことはいままで一度もなく、また、水滴《すいてき》を拭《ふ》き取ろうとエアコンの蓋《ふた》を開けたところ、中はほとんど濡《ぬ》れてさえいませんでした。

千年以上にわたって、やれ三角関係だの、夫も子もありながら、天皇の側女《そばめ》になっただのと貶《おとし》められ続けた女性です。「そうでない！」と明確に申し上げたとき、思わずその場に霊《ひ》としておいでになった額田王の眼から大粒の涙がこぼれ落ちたのではないかという気がしました。あくまでも感じですが、不思議なこともあるものだと思いました。

おそらく本書をお読みになった方は、従来の解釈とかけ離れた本書の解釈に驚《おどろ》かれたことと思います。けれどその解釈は、歌を読んだときに、その言霊から受けるあたたかさと同じであることに、なるほどと腑《ふ》に落ちられるのではないでしょうか。

個人的に昔から、なぜか持統天皇が大好きで、その持統天皇の天武天皇への弔歌《ちょうか》が、これまで「燃える炎だって袋に包み入れることができるのだから、夫の魂だって戻すことができるはずだ」と、強権的でわがままな女帝といったイメージの歌としてしか解釈されてこなかったことについて、それは違うだろう、と常々思ってきたのですが、この度、本書において、まったくそうではないことが証明できたことはとても良かったと思っています。

最後になりますが、万葉集がなぜ生まれたのかについて、多少本文との重複もありますが述べてみたいと思います。

わが国の歴史には、歴史の大きなターニングポイントにあたる時代が二つあります。ひとつが七世紀、もうひとつが十九世紀です。前者が隋《ずい》の建国がきっかけとなり、後者はペリー来航がきっかけとなりました。つまりどちらも強大な外圧《がいあつ》を前に、わが国が天皇を中心に国をひとつにまとめようとした時代であったということができます。

国をひとつにまとめるのに際し、歴史を通じてどこの国でも行われてきたのが、武力による反対派の征圧《せいあつ》と粛清《しゅくせい》です。武力による征圧は、いまでも世界で行われていることです。近代以前にはもっと酷《むご》い粛清、つまり反対する人たちを皆殺しにするということが公然と行われてきたのが世界です。

ところがわが国は征圧も粛清も、やろうとしてもできない事情がありました。なぜならわが国は三万年以上もの歴史をさかのぼることができる国柄《くにがら》で、長い歳月を海に囲まれた列島の中で過ごしてきたわけです。人口がまだ少なかった時代には、中央と地方豪族、豪族たちと庶民は、いずれも皆、なんらかの血縁関係を持っていたし、その自覚《じかく》がありました。親戚を粛清するわけにはいかないし、親族間の軋轢《あつれき》は、世代をこえた禍根《かこん》となります。ですから粛清も武力征圧もできないのです。

そこで行われたのが、文化と教養の普及と経済的利益の共有です。地方豪族は武力を保持していましたが、その豪族たちからなぜ中央から派遣された国司が、武力もなしにどうして税を徴収できたのかというと、そこには地方豪族にとっての明確な経済的メリットがありました。わが国は地震や台風、大水、火山の噴火、土砂災害などの天然の災害の宝庫ですが、そうした災害が起きたとき、小規模なものなら、各家庭の食料備蓄で対処《たいしょ》できます。村落単位の災害なら、村落内の備蓄食料でも対応が可能でしょう。けれども地域全体が被災して、備蓄食料さえも失われるような大規模災害のときには、他の地域から食料を援助してもらわなければなりません。こうしたとき、国司は中央からの派遣であり、中央にあって他国の国司とも連携《れんけい》がとれ、しかも中央と近親関係にありま す。ですからたとえば九州で大規模災害が起きたり凶作《きょうさく》が続いたりしたときには、そのとき関東が豊作なら、そちらから食料を運び込んでもらうといったことができたわけです。徴税は、そのためのいわば災害保険のようなものです。ひとたび災害が起きたときには、ときに収《おさ》めた食料の何倍もの食料を供給してもらえたし、被災地の復興のための人の手配も全国規模で手当できる機能を持っていたのです。ですから地域の人々を統《そう》括《かつ》する豪族たちも、いざというときのために国司と良好な関係を保つことは、必要不可欠なことであったのです。いまでは県知事はその県内での選挙で選ばれますが、戦前戦中まで、県知事は中央からの派遣であったことには、千年以上にわたるわが国独特の背景があったわけです。

しかし災害のおそろしさは、平時にあっては忘れられがちであることも事実です。それを忘れないためには、民衆の側にそうした過去を忘れないだけの教養が必要です。そしてこれについて、中央の朝廷に、他の地方を寄せ付けないほどの高い文化と教養が備わっていて、国司がそうした文化と教養の担い手として地方に派遣されていたら、地方の豪族たちは、よろこんでその国司を迎え入れます。とりわけ子女たちの教育が国司のもとで行われるなら、それら子女が成長したときには、国司を師匠《ししょう》としても尊敬することになります。このために地方豪族の子女は、行儀《ぎょうぎ》見習いとして、中央から派遣された身分の高い国司のもとで、一定期間を過ごすという習慣もありました。

そして七世紀から八世紀において行われたのが、史書や歌を通じて、中央が高い文化の担い手となるという仕組みでした。こうして古事記や日本書紀、万葉集や古今和歌集などの編纂《へんさん》が行われています。いまでも地方にお住まいの若者などの間で、東京へのあこがれを持つ人は多いようです。なぜ東京に憧《あこが》れるかといえば、大都会東京が持つ文化性に憧憬《どうけい》を持つからです。それが古代や中世、近世においては、都の高い文化であったわけです。言葉は誰もが話すし用います。けれどもその言葉が一字ごとに意味のある文字で記述されれば、そこには表面上だけではない、もっと深い意図や意思を込めて描くことができます。

万葉集は、庶民の歌も数多く掲載《けいさい》されていますが、そうした中央の高い文化を、地方の一般庶民に至るまで、しっかりと保持しているとなれば、地方の豪族たちも、まごまごしてはいられません。自分たちもしっかりとそうした文化と教養を身に着けていかなければ、世間に置いていかれてしまいます。そしてその文化の伝達者《でんたつしゃ》が、地方長官である国司であれば、豪族たちは自然と国司と良好な関係を保持しようとするようになるわけです。

これらは、征圧、あるいは粛清などといった力による支配ではなく、まさに文化と教養、そして経済的利益の共有によって、中央集権を実現したという、世界に類例《るいれい》のない、日本ならではのきわめてすぐれた統治の方法であったと思います。

ともあれ、万葉集のとても素晴らしい歌の数々です。どうかごゆっくりとお楽しみいただければと思います。

末筆になりますが、本書を出版するにあたり、徳間書店の皆様にたいへんお世話になりました。この場をお借りして心から御礼申し上げます。ありがとうございました。

令和元年秋

小名木善行

天皇系図

（数字は天皇の代）

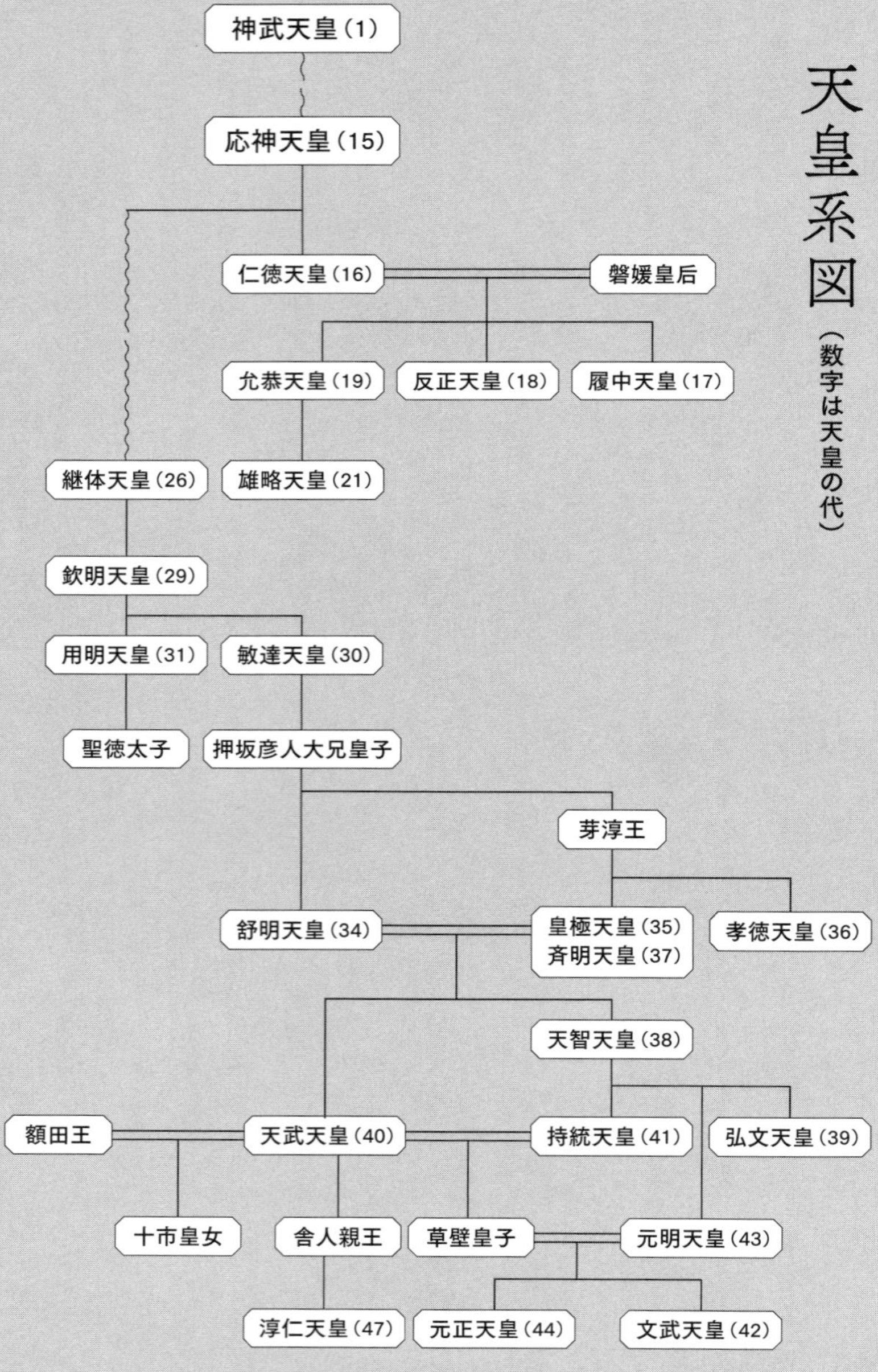

【参考文献】

日本古典文学全集『萬葉集一～二』小学館

『万葉秀歌上・下』斎藤茂吉著　岩波新書

漢和辞典『新字源』角川書店

『全訳漢字海』三省堂

『漢字源』学研プラス

『新総合図説国語』東京書籍

『日本歴史通覧　天皇の日本史』矢作直樹著　青林堂

『新版新しい歴史教科書』自由社

『授業づくりＪＡＰＡＮの日本が好きになる歴史全授業』齋藤武夫著

装丁／三瓶可南子
校正／株式会社鷗来堂
組版／株式会社キャップス

29P　写真：古城渡／アフロ
69P　提供：首藤光一／アフロ
95P　所蔵：談山神社
139P　写真：共同通信イメージズ
148P　写真：山口博之／アフロ
157P　提供：首藤光一／アフロ
195P　提供：Alamy／アフロ
231P　提供：akg-images／アフロ

小名木善行　おなぎ・ぜんこう

昭和 31 年生まれ。国史啓蒙家。現在千葉県在住。
上場信販会社を経て現在は執筆活動を中心に、私塾である「倭塾」、「百人一首塾」を運営。
またインターネット上でブログ「ねずさんのひとりごと」を毎日配信。
Youtube の動画に『明治 150 年真の日本の姿』1 〜 6、CGS『日本の歴史シリーズ』などがある。

著書
『ねずさんの昔も今もすごいぞ日本人！』
『ねずさんの昔も今もすごいぞ日本人！「和」と「結い」の心と対等意識』
『ねずさんの昔も今もすごいぞ日本人！ 日本はなぜ戦ったのか』
『ねずさんの日本の心で読み解く百人一首』（以上、彩雲出版）
『ねずさんと語る古事記　壱』序文、創世の神々、伊耶那岐と伊耶那美
『ねずさんと語る古事記・弐』天照大御神と須佐之男命、八俣遠呂智、大国主神
『ねずさんと語る古事記・参』葦原中国の平定、天孫降臨、海佐知山佐知、神倭伊波礼毘古命
『誰も言わない　ねずさんの世界一誇れる国　日本』（以上、青林堂）

ねずさんの奇跡の国 日本がわかる万葉集

第１刷　2019年12月31日
第２刷　2023年11月５日

著　者　小名木善行
発行者　小宮英行
発行所　株式会社徳間書店
〒141-8202 東京都品川区上大崎 3-1-1
目黒セントラルスクエア
電話 編集(03)5403-4344／販売(049)293-5521
振替 00140-0-44392

本文印刷　本郷印刷株式会社
カバー印刷　真生印刷株式会社
製　本　東京美術紙工協業組合

　ISBN978-4-19-864991-3